時間の入り口

シリーズ現代中国文学　散文

～中国のいまは広東から～

田原《ティエンユアン》　企画
徳間佳信　訳

みらい PUBLISHING

序

中国大陸の最南端に位置する広東省は、最も重要な省の一つであり、様々な「中国第一」を有している。広東の陸地面積は一七・九八万平方キロ、南シナ海にはさらに広大な海域があり、その面積はおよそ四一・九万平方キロに達する。海岸線の総延長は三三六八・一キロあり、中国第一の長さを誇る。

一九八九年から現在に至るまで、広東の経済規模は、二十三省と自治区、直轄市の中でトップの座を保っている。仮に広東を一つの独立経済体とみなし、二〇一八年のデータに基づくならば、その経済規模は、およそ世界第十三位、韓国よりやや低い程度である。広東の珠江デルタ地帯には多数の都市があり、世界で最も密度の高い都市地域の一つを形成している。広州、深圳、この珠江デルタ地帯にある二つの中心都市は、経済規模において北京、上海に次ぐ都市である。また、南に隣接する二つのグローバル都市、香港とマカオは共に広東の粤《えつ》方言文化圏に属している。

経済発展がもたらした「中国第一」は非常に多い。たとえば、輸出総額、インターネット使用者数、電子商取引規模、自家用車保有台数などがあるが、その中でも、人口は最も重要である。

最新のデータによれば、広東の常住人口に流動人口を加えた総人口は一・一億人に迫り、中国で最多である。また、世界に散らばる華僑のおよそ半数以上が広東出身であって、その数も中国第一である。

歴史を回顧すると、紀元前二一四年に秦帝国が広東を統合したのち、広東の珠江で育まれた文明は、黄河、長江に代表される二大文明と溶け合って一つとなり、中華文明の構成要素となった。しかし、広東はその地理的、歴史的要因のために、固有の文化と言語を留め、独特な嶺南文化を形成した。嶺南文化とは中国本土の文化、中原の文化、西洋の文化が融合して出来上がったものである。

広東は中国で最も長い歴史を持つ通商港であり、海のシルクロードの発祥地の一つでもあった。東南アジア、中東、西洋と最も早く貿易、文化交流を始めたのも広東である。広東は思想と文化が合流する場所であり、中華民国が封建君主制を転覆させ、現代的国家への転換を推進した策源地になった。特に、中国の改革開放において、広東は開放の最前線及び経済特区として、社会経済の全面的な発展に成功し、目下の中国で対外開放の最も重要な窓口となっている。

広東の文化は多彩であり、中国の南北と世界の東西の間で形成された開放的で、包容力豊かな文化である。広東の作家は、地元出身者ばかりではなく、その多くが全国各地から移住してきた人々である。このため、「広東作家《グァンドンツオジァ》」という定義は幅広い意味をもっている。広東籍、あるいは広東で二年以上にわたって仕事、生活をしている作家は、すべて「広東作家」の範疇に入るのだ。

我われは本書で作家を選出する過程において、きわめて多くの作品に目を通し、文学性を最も重要な選定基準とした。また、広東の作家たちが時代の大きな潮流の中で、文学作品を通じて、現実生活に対してどのような表現と思索をしたか、内面世界に対してどのような発掘と探究をしたかに関心を払った。さらに重視したのは、彼らが広東というこの活気に満ちた土地で、どのような体験と発見をしたかということである。なぜなら、広東文化の特殊性を考慮すると、広東に関する発見は、必ず中国に関する発見につながり、更には現今の世界に関する発見にもつながるからである。

また、我われは広東文学のいくつかの新しい特徴を発見した。

第一に、広東生まれの作家がこの地の文化を開拓するのはもちろん、広東に移住した作家たちも広東文化に対する親身なディスクールを通じて、広東文学にさらに深い嶺南文化の息吹をもたらしているのは喜ばしい発見だった。広東は改革開放以来、全国各地から移住者を受け入れており、その数は全国で最も多い。これら移住者の中には、かなりの数の優秀な作家がおり、彼らは広東文学に、これまでにはなかった視野と内容、活力を与えている。だが、それ以前に広東に移住してきた作家のほとんどは自身の物語、自身の故郷の物語を語っていたのである。つまり彼らはまだ足元のこの土地と、血肉からなる精神的関係を結んではいなかったということだ。しかし、時間の推移とともに、作家たちはこの土地にますます深く根を張り、この土地の人々、風物、精神が彼らの心に刻み込まれ、それが彼らの作品の行間に現れたのだ。こうして彼らの生命と、新世紀の嶺南文化はひとつに溶け合い、嶺南文学は彼らと共に成長する素晴らしい態勢を手に入れたのである。いわゆる「移住作家」と「本土作家」の間の境界はなくなってきており、彼らは共に嶺南文学の変革者として、「広東で描く文学」から「文学で描く広東」への変化を促進したのである。

第二に、都市を題材にする作品が増え、都市文学が成熟したことである。新世紀に入ってから、中国の社会経済発展はますます都市化の推進の上で体現されるようになった。都市は絶えず国家の経済資本を吸収し、その時代の最も優秀な人材を引き寄せ、かつ、文化の創造と普及の上で主要な役割を担ってきた。現代作家の中でも、特に若い世代の作家の間で、都市を題材とした文学の創作が増え、現代中国の都市における特殊な経験を発掘する上でも、新たな奥行きを生み出している。「都市文学」は、もはや題材による命名ではなく、一種の現象学的①内容を有する創作領域となったのである。広東は中国で最も密集、繁栄した都市地域を有する場所の一つであり、珠江デルタの都市地域と広州、深圳を中心とする地区の常住人口は、すでに各都市で一千万人を超え、世界レベルの巨大都市となっている。そのため、今日の広東文学は、もはや伝統的なお国ぶりの表現ではなくなり、都市文学の特徴を持つようになった。たとえば、かつて議論された「打工文学《ダーゴン》②」は、実際には都市文学の範疇に属するものであり、ある一つの階層による、モダニティを表象する都市生活への批判と省察であった。また、たとえば、あまたの作家が都市生活での苦境と希望を描き出したが、そこからは、もはや巨大都市の全体的イメージを読み取ることはできない。なぜなら都市生活とは、彼らの文章のディテールの中にこそ表現され得るものだからだ。人と都市生活の深層レベルでの関係を表現することにおいて、広東の都市文学は日増しに成熟していると言えるだろう。広東の都市を描く作品は、数の上でも質の上でも、中国文学の大きな流れの最前線を進んでいるのである。

第三は、広東の若い作家がめきめき頭角を現してきたことである。本書では広東の七〇年代、八〇年代生まれの青年作家たちの作品が少なくとも紙幅の半分を占めており、彼らは広東文学の重要な力となっている。若い作家たちは広東生まれでなければ、広東に学問を学びに来た者、あるいは広東で仕事をしながら生活している者である。彼らの本籍がどこであろうとも、広東はすでに疑いなく彼らの故郷となっていると言えるだろう。これが彼らと、彼らより上の世代の作家たちとの大きな違いであり、彼らはこの土地に対し深い親近感を抱いている。このことは、広東という経済の発達した地域が、今まさに文化の強靭な主体性を備えつつあることを示している。インターネットがますます急速な発展を遂げるなかで、伝統的な紙媒体は大きな衝撃を受け、多くの刊行物が停刊に追い込まれている。純文学の文化空間はこれまで経験したことないほど狭まっており、これは世界中の文学創作が直面している危機でもある。このような複雑かつ曖昧で、変化して止まない時代において、我われは文学の伝統が若者によって継承されているのを目にしたのだ。文学は必ずや新たな歴史を創造していくことだろう。

紙幅の制限のあるなか、多くの作家の多様な作品を集めるため、我われは最大限の努力を払った。しかし、やはり多くの漏れがあり、珠を逸した憾《うら》みは避けられない。我われの初志も「完璧な選集」を提供することではなかったことが、せめてもの救いである。「完璧な選集」など、存在しないのだから。この選集が文学という大海に浮かぶ一つの目印となり、更には両国文化交流における架け橋、マニュアル、ガイドとなり、多くの日本の読者友人たちが、これらの作品を通じて広東を理解し、中国を理解し、そこに住む人々が日本の人々と同じように生き、愛し、死んでいく人々であることを理解してもらえるなら、幸甚の至りである。

広東省作家協会

訳　注

① 現象学＝目の前に現れる象《かたち》ある現象の成り立ちを解明しようとする学問。現象を作り出しているのは、人間の認知能力であるという立場をとる。

② 打工文学＝アンダークラスの肉体労働者、あるいは農村からの出稼ぎ労働者自身による文学。

目次

艾《アイ》雲《ユン》

原籍、河南省開封市。散文作家、文芸評論家。長く思想的なエッセイと散文に従事する。代表作に『芸術と生存の一致について』など。二〇〇九年から三年間、『鐘山』誌の個人欄に「事物それ自体」というタイトルでエッセイを連載する。第二回女性文学賞などを受賞。

私の祖母

一九四四年の春先、十六歳だった私の父は服をまくりあげ、体中にできた赤い吹き出物を目でたしかめた。胸をはじめ、背中、両腋、それに下にも続いていて、両方の腿も真っ赤なブツブツでいっぱいになっていた。

草が芽吹き、すべてが蘇る春。村のエンジュや柳、楡《にれ》の木が芽ぐむと、父の吹き出物は徐々に赤いデキモノになっていった。まだ五月の端午節が終わらず、みんなが麦の刈り入れに忙しく、誰も父の体に膿胞ができはじめたことに気がつかなかった。彼は体中、疥癬だらけだった。

私の祖母は纏足《てんそく》をしなかった。自然のままの足で、北方の平原の畔道を歩いていた。黄色の手織り木綿のシャツを着て、頭には白い手織りの汗拭きを巻いていた。彼女は、父よりふたつ上の六番目の大叔父の金峰《チンフォン》、その連れあいの王四井《ワンスージン》を指図して、畑の麦を刈っていた。束ね、車に載せ、麦打ち場に引いていく。炳辰《ビンチェン》兄さんも忙しかった。粒々辛苦して打った麦は、倉に収めるまでというもの、気が休まることがない。

麦の穫り入れの時節というのは、死ぬほどくたびれる。私の家には三〇畝《ムー》①の麦畑があり、四人が日に夜をついで働いた。

すぐにも夏になりそうだった。暑くなるや、父の体の赤く腫れたブツブツは、汗がしみて黄色い汁をにじませた。黄色い汁は徐々に膿に変わり、膿はどこに流れても、そこをただらせた。痛さは言うもがな、つらいのは痒さだった。痒くなると、体中に虫が這いずり回っているようになる。その手のひどい痒みときたら、痛みよりつらかった。掻くのを我慢できず、膿を掻きむしると、指の間は膿と血でべとべとになった。

家族はみな忙しくて、だれも彼をかまえなかった。私の父は祖母に、「母さん、ぼくに麦打ち場の小屋で、麦の番をさせて」と言った。

「石穏《シーウェン》、おまえがこんなだと、見てても つらい。でも、病気はおまえについたんだから、だれも替わっちゃやれない。とりあえず、がまんするしかないね」、祖母は言った。父は李銀峰《リーインフォング》という名だが、幼名は石穏という。彼よりふたつ上の六番目の大叔父は李金峰という名で、幼名は石安といった。

麦の穫り入れが終わり、秋の穀物が終わると、父のデキモノはますます増え、体は黄色くやせこけて、見るに堪えなかった。

祖母はカマドの前で煮炊きをしたが、火がその顔に照り映えていた。その年、祖母はもう六十なのに、あいかわらず顔立ちは整ってふくよかだった。シワも見えず、眼差しは明るく、黄河のしっとりした水気がきらめくようだった。

彼女はそばでうずくまっていた父に言った。「石穏、今年の秋の穫り入れは、まだ途中だけど、私は麦打ち場に豆柄と綿の枝を用意しておいた。二ヶ月もすれば、乾くだろう。寒くなったら、おまえは小屋に住みこんで、火を焚くんだ。痒けりゃ、痒いとこを炙って、ひと冬ちゃんと炙るんだよ」

話しながら、彼女は鍋の蓋をめくり、鍋に貼りつけた黄色く焼けた餅《ビン》②をひとつ父にやった。その秋に穫れた大豆とコウリャンの粉から作った餅だ。大きな鉄鍋の底には水が張ってあり、水の上にはぐるりと餅が貼りつけてある。粗朶の火が鍋の底をなめ、よく焼けた餅はなんとも言えずうまかった。

祖母は身を起こすと餅をはがし、コウリャンの茎を束ねて作ったヘラに乗せ、話をつづけた。「母さんがおまえを産んだとき、年がいっていて、おまえのお腹の毒が多かったんだよ。吹き出物やオデキというのは、毒を外に出すもんだ。毒は出せるし、中に貯めてちゃだめ。オデキがでるのは、まあいいことで、悪いことじゃない。毒が出ればいいんだよ。火は毒を追いだせる、寒気の毒をね。石穏、おまえが辛抱してやりとおせたら、その後はきっと運がよくなるよ」。父は答えた、「母さん、母さんの言うとおりにするよ」

その日、祖母はありふれているようで、じつは重大な決断を下したのだった。彼女は父を火で灸らせ、その疥癬を灸らせた。それは闘いであり、その結果しだいで、七男の石穏の運命を、いやでも知らなければならないからだ。

私たちが住んでいた村は渠村《チュイツン》と言う。村の東南にはわが家の麦打ち場があり、麦と秋の穀物はそこで干して脱穀された。麦打ち場には、藁を混ぜた泥で作った二間の小屋があって、いつもなら麦打ち場の番をする者が住むことになっていた。

本来なら、私たちの家はひどく貧しかったとは言えない。祖父は「秀才」③だったし、それ以上には進めなかったが、ずっと市で私塾の先生をしていた。私たちの家は渠村の市《いち》のなかにあり、それは有名な大きな市の立つ鎮で、周囲の人々はみなそこにやってきた。祖父はその市で教えていたのだ。私たちの家は小さな店も持ち、飴や酒やタバコ、それに日用の雑貨を売った。他所の村から市にくる人が大堤防を越え、北を背にすると、市の取っつきにあるのが私の家だった。店は大きくないが、商売はかなり繁盛する。また、祖父に教わりにきた学生は、学費として食糧を持ってくる。それに、家の畑は広くはないが、食べるに十分だ。父のきょうだいは十六人、七男九女で、とてもにぎやかな大家族だった。

私の実家は河南省の北、濮陽《ぼくよう》県の渠村にあった。濮陽は悠久の歴史があり、「中華の龍都」と呼ばれた。

商から漢代まで、濮陽一帯の地は兗と冀の二州にまたがり、黄帝④を首領とする華夏族と少昊《しょうこう》を首領とする東夷族の隣接地帯だった。黄帝と蚩尤《しゆう》の大合戦がそこで起こり、蚩尤の首が台前県に埋められたのだという。黄帝の史官の蒼頡《そうけつ》は、はじめて甲骨文字を作って縄を結ぶ記録に代えたので、「造字聖人」と尊称された。いまの南楽県梁村郷呉村には、文字を作った遺跡と頡陵、蒼頡廟がある。中原は黄帝の後、顓頊《せんぎょく》によって治められたが、いまの濮陽の西南一帯が「顓頊の廃墟」と呼ばれている。顓頊のとき、その氏族の力は強大になり、共工を首領とする氏族をうち負かして、支配領域が大きく広がった。嚳《こく》帝の後、堯が位を継いで祁《き》姓の首領になり、冀州を活動の中心にした。死後、彼はいまの範県の東の谷林に葬られた。

戦国期の濮陽の人には、政治家と軍人の呉起、改革家の商鞅、政治家の呂不韋、外交家の張儀などもいる。

しかし、歴史上、もっとも有名なのは宋代の「澶淵《せんえん》の盟」に指を屈するべきだろう。宋の真宗の景徳元年（一〇〇四年）、契丹兵が澶州に臨むや、濮陽の軍民は奮起して抵抗したので、寇准力《こうじゅんりき》の勧めで、真宗は澶州へ親征した。宋は勝つこと多く、遼を大いにうち破った。遼軍は戦いに敗れて和議を求め、双方が講和をしたのが、有名な「澶淵の盟」である（いまの濮陽県子岸郷故県村だ）。その後、一〇〇年以上、両国は平穏だった。

ずっと以前のことは分からないが、父の話では、私たちはもともと渠村の市に住んでいたのではなく、近くの李金子村から移ったのだという。渠村は濮陽の南端にあって、山東省とは黄河を隔てて境を接している。渠村は水に困らない場所で、各種の灌漑用の運河が縦横に走り、「百渠の王」と称されている。

　私たちの家の暮らし向きは、まあ豊かな方だったので、家のことを祖父はあまりやらず、すべて祖母に任せていた。祖母は夫と子どもの世話をし、畑仕事を仕切り、雑貨店も管理した。学校へ行ったことはなかったので、祖父に嫁いでから、ようやくいくつかの字を覚えて帳簿をつけた。祖母は生まれつき賢く、心が広くて明るかった。どんな出来事が起こっても、事態を見ぬき、先を見通すことができた。意志が強くて、どんな大事でも持ちこたえられ、悪いことを変えていく見当もつけられた。いまの言い方なら、「難を変じて平安に帰す」という忍耐力があったのだ。

　長い年月が経った後、父は私に祖母の身の上話をした。

　一九〇四年、河北の北部一帯が飢饉になった。

　家が滑県北戸村にあった祖母は、二歳の女の子を連れて飢饉から逃れ、渠村にもの乞いに来た。大堤防を越えると、すぐに斜面の切り株の傍で倒れ、子どもがワァーワァー泣きさけんだ。春のことで、まだ地は緑になる前だった。木々の枝はいまにも芽ぐもうとしていた。

　祖父は午前の授業を終え、学生は帰っていた。家から遠からぬ堤防で、子どもの泣き声を聞きつけると、すこし上っていって祖母を見つけた。

　女の人を呼び起こし、家の者にウォトー⑤とお粥を持ってこさせた。祖母は食べるとすこし元気になり、その間の事情を話した。夫が餓死したので、彼女は女の子を連れて食べものを探し、活路を求めてやってきたという。

すべてが分かると、祖父は倒れた女の人を自分の家に住まわせた。そんな訳で、彼女は私の祖母になったのだった。

そのとき、祖父は三十八歳だった。その前の年に妻に死なれ、三男二女の五人の子どもが残されていた。上は十六の息子で、もう家の仕事ができるようになっていた。

二十歳の祖母は家に足入れをすることができた。何日か食事をし、顔を洗ってくしけずると、なんと思いがけぬ美人で、それで祖父は彼女をいたく気にいった。

二十の祖母は何回か腹いっぱい食べたあと、温められた若葉のように青春の間隙からいっせいに芽が萌えだした。彼女はいつも夜明けになると起きだし、そのバラ色の美しい顔が暁の光に照り映えた。

彼女は庭をきれいに掃き清め、脂ぎったような蒲団をほどいて洗いはじめた。前妻が亡くなって三年、家の中は足の踏み場もないほど散らかっていたので、祖母は柔らかく豊かな腰をひねりながら、内でも外でも休まず働いた。

家の門前の空き地に、大きなエンジュが何本か植わっているが、祖父が植えたもので、いまはとっくに巨木になっている。春先、枝先にはみずみずしい若葉が膨らんで芽吹いた。祖母は二本の木の幹に縄を渡し、洗いあげた蒲団側と服を干した。ほかほかした陽が射して蒲団と服を照らし、勝手口の青石のひき臼を照らし、黄色い土塀も照らした。

祖母はすばやく新しい生活に溶けこみ、すぐに新しい役割になじんだ。家事を慌ただしくすませると、門口の雑貨店へ行った。十七だった一番上の伯父の李宝峰は、もう店番ができた。二番目の伯父の李玉峰は十四で、祖父について学ぶほかは、閑があれば畑や堤防へ行って柴を拾った。十一の伯母の李雪、八歳の二番目の伯母の李義は、綿を紡ぐことができた。

祖母が連れてきた四番目の伯母の李春は二歳で、五歳になる三番目の伯母の李坤といっしょに中庭で遊んだ。

祖母は家のなかを様になるように取り片づけた。

彼女は生まれつき善良で、心が広かった。前妻が生んだ五人の子どもを自分の子のように扱った。その温かくてやさしい眼差しは、母のない子の心にしっかりと届いた。

祖母はカマドの前のフイゴにかがんで、餅を作ったり、トウキビ入りご飯を煮こんだり、大根の切り干しに塩をまぶして漬物にしたりした。小麦粉を黄金色になるまで炒って、白い手織り木綿の長い袋に詰めた。早朝、彼女は落花生を炒って砕き、保存用のヤキソバといっしょにお湯をかけ、濃いお粥を作った。それを飲むと、胃がポカポカしてとても力が湧き、快活にもなるのだった。

彼女はまたきれいに洗った蒲団の中に新しく綿を入れた。体に掛けると、ぬくぬくとして暖かかった。六人の子どもには、母がいることのすばらしさがよく分かった。

家の後ろに、祖母は一番目と二番目の伯父たちに大きな穴を掘らせ、金木犀《きんもくせい》とシャボテンサイカチを二本ずつ植えさせた。金木犀の香りは人を元気にするし、シャボテンサイカチはサヤを干して砕き、水に浸ければ、洗濯ものを洗えるからと彼女は言った。彼女はなにかをやる前に、よく考えてきちんと決め、日々が音もなく過ぎ去るうちに、それが大きく育ち、いつの間にか希望が来るようにするのだった。

祖父は毎日、市まで教えにいった。

夕方になると、祖父は家に帰ってくる。ひとりの女が家を片づけて、なんと別なものに変えてしまっていた。台所からは食事のいい匂いがしてきた。夕影のなかで、屋敷はきれいに整えられていた。軒の影は暗さと冷たさの黄昏の色を帯びてはいるが、祖父の心には、もう以前のような夜に対するうつろな気持ちとおそれがなくなっていた。

台所に入るや、祖母は彼に一碗、熱いご飯を手渡した。立ち上る甘い匂いのなかで、祖母の白い顔は桃の花のよう、眼差しはキラキラと輝いている。彼女は恥ずかしそうに振りかえり、また祖父に餅を渡した。

石油ランプがきらめいていた。祖母の真っ黒なピカピカする髪は後ろに束ねられ、銀色の簪が髷に挿されていた。彼女は祖父の胸にもたれているると、ふっと夢でも見ているのではないかと思った。

祖父は抜きんでて背が高く、肌が白かった。長めの顔で、眼差しには優しさのなかにも威厳があった。彼は読書人だったが、読書人の文弱《ぶんじゃく》さがなかった。祖母は彼に出会うと、すぐさま惚れこんだ。家に入ったとたんに、五人の子の後妻になったとはいえ、祖父は書物を教えて生活の保障があり、教養もあった。ふつうの農村の男より女をわかって可愛がってくれるので、祖母の心は蜜のように甘かった。

祖父は飢饉から逃れて拾われた祖母に、心底ぞっこん惚れこんでいたようだ。祖母のなまめかしい美しさと賢さに、彼は喜びを抑えられなかった。大きなベッドでは、祖母の体はあふれる女性ホルモンに沸きかえり、全身は熱く、欲望に満たされていた。まさに男盛りで、文を知って文字を絶たれていた祖父は、そのとき砂漠で慈雨に出遭ったかのようだった。ふたりの男女は、乾いた柴が燃えるように激しく燃えさかった。

農村の夜は漆黒の闇で、ときおり犬の吠え声がしたかと思うと、さらに静寂を増した。人々はいつも早々と床に入った。男と女は熱く火照る身体を丸めて寄せあった。その頃はなんの避妊手段もなく、生命力の異様に強い祖父母は、よき敵ござんなれとばかりに励んだ。祖母はひっきりなしに妊娠し、二、三年おいては一人産み、一気呵成に祖父のために五男五女、十人の子どもを設けた。

私の父は十六番目の子どもで、男では七番目だった。祖父母の最後の息子だ。父には兄弟が七人、姉妹が九人いた。一番上の伯父は李宝峰といった。二番目は李玉峰、三番目は李嵐峰、四番目は李錫峰、五番目は李海鋒、六番目は李金峰、七番目の父が李銀峰といった。一番上の伯母は李雪といい、二番目は李義、三番目は李坤、四番目は李春、五番目は李喜、六番目は李緒、七番目は李君、八番目は李紀、九番目は李久だった。

祖父が息子につけた名はありふれているが、娘につけた名は垢抜けていた。祖父の前妻が最初の伯母を生んだときは冬で、ちょうど雪が降ったので、李雪と名づけた。二番目、三番目のときは、伝統文化から探し、義、坤と名づけた。四番目は祖母が連れてきた娘だが、祖父は春に祖母に出あったので、李春と名づけた。祖母が来たあとで生んだ娘を李喜としたのは、喜びいっぱいで、大きな慶事だったからだ。その下の伯母たちの名も、みな意義深い。私が会ったことも、行き来もしたことあるのは、坤伯母、君伯母、紀伯母、久伯母だ。一九六八年の夏、祖母が亡くなった年に、肌が白く、ふっくらとして、きびきび歩く老婦人がお悔みを述べにきたのを私は見た。三番目の伯母が言うには、それが四番目の李春だった。祖母が連れてきたあの娘である。私はまだ幼かったが、その四番目の伯母の様子は強い印象を残した。若いときはものすごくきれいだったけど、年を取ったらそうでもなくなったのよと三番目の伯母は言った。祖母が亡くなった年、四番目の伯母はもう六十六だったが、かくしゃくとして物腰が端正だった。農村でそのような修養のある老婦人がいるとは、なんとも珍しいことだった。

一九四四年の秋、祖母は全身に瘡のできた私の父を火で炙らせて治した。そうやって、彼女はまたもや一番下の息子を救ったのだった。

秋が終わると、すぐに寒くなった。河北の北部の平原に風が吹き、木の葉を吹き落とし、黄砂を巻きあげ、無数の葦原が風にヒューヒュー鳴った。

父は麦打ち場の小屋に居場所を作り、毎日炙りはじめた。まず柔らかいワラに火をつけ、それに豆柄と綿の枝をくべてゆっくりと燃やす。はじめは炎はオレンジ色で、堅い柴をくべるにつれ、やや青味を帯びてきて内にこもり、ボウーボウーと燃えさかる。

父ははじめに腕を炙った。袖を外すとき、膿と血がすでに服に貼りついていて、長いことかかってやっと外したが、しばらくは大声を上げるほど痛かった。祖母の教えを守って、痒いところがあれば炙った。腕を炙りおえると胸を炙り、背中、両腿と炙った。

あいかわらずひどく痒く、ときには蚕が桑の葉を食べてでもいるようだった。ときには百もの爪が掻いているようだった。ひどく痒いとき、人はいっそのこと壁に頭をぶつけてしまいたくなる。

熱い火でしばらく焼くと、疲れてぐったりとするものだ。父は眠くなり、もう薪はくべず、火がしだいに小さくなって、灰になるのを待った。そして、レンガで火の回りを囲いこみ、火が広がるのを防いだ。彼は壁沿いの地べたでこんこんと眠りについた。

お昼になると、祖母か六番目の伯父の嫁の王四井が、ご飯を持ってきたのだろう。陶器の罐にトウキビのお粥が盛られ、木綿の袋には豆の粉とコウリャンの粉で作ったウォトーがふたつ入っていた。小皿には白菜の漬物もあった。

祖母は父に、人の体の湿気からできる毒はとても強くて、火で攻めるしかないし、二度と冷やしたり、風に吹かれてはいけないと言った。彼女は父が家にご飯を食べに来て、途中で風に吹かれるのを心配したのだ。風で冷やされると、もっとやっかいなことになるとも言った。

祖母には奇妙な道理があって、それは体を冷やしてはいけないというものだった。人の体は冷やしてはならず、冷たいものを食べてもいけなかった。だれからも教わったことがないのに、彼女はどこから啓発されたのだろう。もしかしたら、それは彼女が日常の経験から自分で悟った素朴な道理なのかもしれない。しかし、まさにその道理こそ、彼女に危険で困難な環境の中で、多くの子どもを育てあげ、健康に暮らせるようにさせたのだ。

訳注

①ムー＝地積の単位。一ムーは約六・七アール
②餅＝小麦粉をこねて、平たい円盤状にして焼くか蒸したもの。北方人が常食する。
③秀才＝明、清代では科挙の地方試験の及第者で、府、州、県などの学校に入学した者。
④黄帝＝中国の神話上では、三皇の後で中原を統治した最初の帝。その後の四人の五皇と、夏、殷、周の始祖も彼の子孫とされている。
⑤ウォトー＝トウモロコシの粉と大豆の粉をまぜて円錐形にして蒸した食品。

陳《チェン》善《シャン》壎《シュン》

一九三八年生まれ。原籍、湖南省長沙市。散文作家。小学校卒業後、各種の仕事に従事。著書に『痛飲流年』など。

獣と人と神の雑居するところ

一　私たちは張家村に配属された

　張家村《チャンチアツン》①の家は、みな十九世紀の清の宣宗期の耐火レンガ造りに瓦葺きだった。建物から見れば、彼らは以前は豊かだったはずで、貧しい土地の茅葺き屋根に土壁の家とはちがっていた。さらに山へ何里か入った小さい香花井《シャンホアンチン》は、よそから来た人たちの村で、貧しくて、竹垣に茅葺きばかりだった。

　そこは山に沿った家が、高きも低きもひと連なりになり、遠くから見ると、古い砦のようだった。一階は入口があるだけで窓がない。二階は窓といっても丈三寸、横一尺半の隙間があるだけで、窓というよりは銃眼だ。室内は、だから真っ暗だった。太平天国の騒ぎのとき、何とか天国という農民政権が山を隔てた広西（チワン族自治区。ベトナムと国境を接する）の灌陽県にあり、その村を作ったときは、見てのとおり天下は太平ではなかった。思うに、その小さな窓はたしかに戦闘に備えたもので、いまでも山の上に想像を誘う砦も残っている。しかし、私たちが住んだ家はよかった。二階には幅六〇センチ、丈五〇センチの窓があり、両開きの雨戸は厚い板でできていた。

窓の外からは塩長《イェンチャン》の家の牛の柵が見おろせ、その柵の茅の先がいまにも窓に届きそうだった。私たちはその窓のある部屋を寝室にした。窓の外は一面の竹林で、何本かの大きな楠がそれを覆っていて、裏庭はまるで筍の皮を厚く敷きつめたようだった。その向こうは石の山で、石の間から野生の蘭や百合や様々な灌木が生えていた。山いっぱいの斧のような石の峰に古い藤蔓がうねりからまり、怪石が牙を剥き、まったく町の庭園とは趣を異にしていた。

思いかえすと、私たちがこの生涯で住んだ最高の家は、その張家村の家だった。もっともその村が私たちを受けいれたのは、政治的な任務からだったのだが。引率した長沙市北区の唐副区長が、優待するようにと言うのを真に受けなかったら、そんなによくはなかったのだろう。それは土地改革②のとき没収した地主の家で、ずっと空き家になっていたのだった。

私たちは、上山下郷運動③で都市から来た青年たちと江水県に来て、周正初《チョウチョンチュー》など数十人の青年と、まず允山区の井辺公社大隊に配属された。唐副区長は引率指導者として、純粋な青年たちが汚染されないようにする責任があった。彼のなかでは、私たち二人を蔑視するつもりはなかったのだろうが、私たちを青年から離さねばならなかった。それで、県と相談し、豊かとはいえるが、マッチひとつ買うにもひと仕事の張家村に、私たちを配属することにしたのだ。
私も若くて衝動的で、後先を考えなかったが、他の人には深謀遠慮があって、訳の分からん奴という印象を与えた。いまは六〇年代の初めから四十年以上経ったが、多くの経験から、私の固い表情とぶっきらぼうなもの言いは、人間関係にきわめて不利だとよく承知している。じつは私の内心は卑しく、臆病で怯懦でさえある。あいにくなことに、傲慢で高潔そうで、人を見下したような顔に生まれついてしまったのだ。その顔はその頃は、世の中を軽視する異論分子だとよく見なされた。太平の世になると、こんどは昇進や金もうけや有名になるため、人に取り入ろうとしても、けっきょくはできなかった。ひと様は、こいつは「なにか企んでて、腹に一物あるな」と思うか、私が内心彼らをバカにしていると思うかどちらかだった。じつは人が私をバカにするのを恐れ、尻込みしているだけなのだが。

江永県の村は、多くは石山の斜面にそって作られている。村を作る石山の選定がよければ、村は栄えた。その山は、それで靠山《カオシャン》（寄りかかり、頼りにする山の意）と呼ばれた。彼らの先祖がそこに来て命を預けるさまが想像できるし、靠山を決めた面白い言い伝えも数多くある。そこの村人は毒虫や毒蛇に噛まれたり、風邪をひいたり瘴気に当たったりして薬を探すときは、いつも靠山に入った。山の人はよくしなって丈夫な天秤棒を手放せないが、天秤棒にする木も自分たちの犇山で探すのだ。その山は風水、形、佇まいがすべてよく、村人全員の精神的な拠り所なので、犇山で薪を刈るのは断じて許されなかった。およそ犇山は心を込めてたいせつに護られていた。もし湖南省の江永県へ旅に行くなら、そこで多くの屹立した石山と、その谷間の畑を見ることだろう。遠くから石山が詩や画のように生動するのが見えたら、きっとその山の下には村がひとつあると保証できる。しかし、張家村は山の中にあって、都龐嶺《トゥーパンリン》の開けた盆地にはない。私たちは張家村に着いて、陽光が海の波のようにたゆたい、鳥のさえずりが引き立てる玄妙な静寂に対したとき、慌ただしい外部の暮らしから逃れ、自給自足の田野の趣ある暮らしを試せるかもしれないと思った。

二　塩長たちは私たちも「山」と見なしてくれた

着いたばかりのころ、村の幹部は私たちに好意的ではなかった。彼らの言葉では、ふたり分の飯が増えて、「蒲団が薄くなった」からだ。私たちも畑仕事をし、山仕事をしたあとでは、いくらか親しみを示してくれた。労働、共通の労働というものは、人を近づけてくれる。鄭玲《チョンリン》④は一日六分の労働点数⑤にすぎなかったが、田植え、綿摘み、落花生の収穫などの農作業は、一日十分の労働力に負けなかった。私はからきっしだめで、八分の労働点数だったのに、やることは一日五分の子どもにもおっつかなかった。とくに田植え、堆肥作りの草刈と石灰を担ぐのが苦手だった。田植えは腰が痛くなり、しょっちゅう腰を伸ばしては鶏群の一鶴になっていた。堆肥作りの草刈は、どの草が堆肥にできるのか、かいもく区別がつかず、半日やってもひと籠にもならなかった。石灰担ぎはもっと悲惨で、適当に目立たない石を肥え桶に放りこむだけで五十キロを超えた。村の幹部は、鄭玲では得をし、私では損をしたと腹の中では考えているらしく、私たちふたりに対して態度がちがっていた。

しかし、張家村では鄭玲は姓も名もなかった。張家村には、鄭玲という人間はいなかった。そこでは「陳さんのねえさん」しかいなかったからだ。

しばらくしてから、私たちに何人か「階級区分の高い」ほんとうの友人ができた。

張家村では十四軒のうち、貧農が六軒、下層中農が二軒、地主が一軒、富農が一軒、それに「地主富農子女」が三軒だった。私たちは十四軒目だが、どれにも分類できなかった。公社の武装部長の譚石蛟《タンシーチアオ》が、あるとき山に視察に来て、民兵小隊長の七斤《チーチン》に言った。「やつらは労働監視対象だ」。譚石蛟は文語をひねくりたがる奴だったが、彼がとくに強調した「労働監視対象」は、つまり「貧下層中農に労働監視を委ねる対象」ということだった。譚石蛟はその話を村の入り口の門のところで、私たちに面と向かって言ったのだが、そのとき、何人かが門の両脇の腰かけで気勢を上げた。彼が私たちに警告しているのが分かったのだ。彼は私たちに直接それを言ったことに、ひどく満足していた。好きなように人を凌辱できる得意さが、彼の教条的な顔にひそかにあふれ出ていた。幸い、彼はすぐに行ってしまった。幸い、彼は年に一度しか来なかった。

譚石蛟は私たちの階級区分をそう宣告したのだが、それが私たちに友をもたらすとは予想もしなかっただろう。

張塩長《チャンイェンチャン》と張土質《チャントゥーチー》は、私たちが彼らにとても及ばないことを知るや、夜、しきりに私たちの家に話しにきた。

塩長は地主富農子女とはいっても、一戸を構えていないので、その三軒には含まれなかった。彼の実の父は土地改良のときに亡くなり、熊《ション》姓なので、私たちが熊おじさんと呼んだ実直な貧農と、母は再婚した。私たちは塩長の母を「おばさん」と呼んだ。そのおばさんは年若で、ようやく四十過ぎだった。でも、彼女の姿恰好は老けこんでいて、私たちはそのとき、五、六十と勘ちがいしていた。土質は寡黙で、孤児だったが、彼の両親のことは聞いたことがない。私たちはいつもカマドの周りに坐り、火を燃やしながら話した。カマドの上には上げ下ろしできる鉄の鈎があって、粥を炊いたり湯を沸かしたりする鍋や釜をその鈎につるした。グラグラ沸いた湯をヒシャクで各自の碗に分ける趣ときたら、いまの露天のバーでビールを飲むのと大差なかった。彼らは山の言い伝えを話してくれた。鄭玲がいちばん興味津々で聞いていた。彼らの話は、私たちが知っていたタニシ娘や狼ばあさんとはちがっていた。私たちのタニシ娘や狼ばあさんも同じく「お話」だが、それは山のなかで以前にあったことや、いま目の前にあることなのだ。

彼らふたりの友だちができると、私たちはもっと早くから山に入るようになった。朝、門を開けると、門の金具の上に蛙や泥鰌《どじょう》、ときには白菜がぶら下がっているのを見つけた。もともと山里には心があり、情に厚く、義理固かったのだ。

私は言葉に興味があり、かつて町の老先生に、「江永にはどのくらい方言がありますか」と聞いたことがある。「十数万人にすぎないから、方言は二十三種類だろう」というのが答だった。長く住んでみると、それどころではなく、村ひとつ隔てると、多くの言い方が違っていた。張家村では「山」には「私たち」の意味があったが、しばらくすると、塩長たちは私たちも「山」と見なしてくれた。

私たちは言うまでもなく、地の果てに都落ちした人間だった。しかし、鄭玲は詩で魂を練りあげ、私たちにとって異域のような場所を希望のあるものに変えた。だから、彼女はそこにいて私ほどは苦しまなかった。彼女は容頭香《ロントゥーシアン》とたくさんの話をした。畑で、山で鄭玲を見かけると、頭香も見ることができた。頭香は彼女を連れて、豚の餌の草を刈り、柴を拾い、山菜を採った。

頭香はよく言っていた。「陳さんのねえさん、わたしがいれば、この山ではなにもこわくないわ」

三　彼女は黄色い小鳥に誘われ、遠くの土嶺に上った

頭香は瑶山《ヤオシャン》からきた人で、すぐれた狩人、それも美しい女の狩人だった。彼女は土質と結婚してからは農業に専念して、二度と狩りをしなかった。その実家は山の頂にあるが、空き家になっているのだという。どんなところなのかは、土質も説明できなかった。

最初に土質から聞いた話では、彼が山で狩りをしていたとき、「香り花」の精を見たのだという。「まったく、風みたいなんだ」。見も触れもできないものは、彼らはみな「風みたいだ」という。

香り花というのは、金木犀のことだ。山には無数の金木犀があった。張家村の入り口の井戸の周りに金木犀が四本あり、桶ほどの太さで屋根ほどの高さだった。秋になると、山に登っても畑にいても、いつも甘い香りが漂っている。そこの金木犀は花期が長く、蜜の出る時期も長い。花がしぼんでも、香りはずっと心に残っていた。それは香りで山を満たし、一年また一年と山の民を夢見心地にするほど香った。

鄭玲はトラバサミで挟まれたとき、香り花の精を見た。

その日、鄭玲は腰の前に山刀を差し、後ろには竹籠をしばりつけて、朝早く山へ柴を拾いにいった。小さい枯れ柴なら村の近くの石山にあるのだが、彼女はきれいな黄色い小鳥に連れられ、遠くの土嶺《トゥーリン》に上っていった。その災難のあいだ、期待に満たされた人は、自分のために飛んでいるような小鳥に誘われたのだ。

鳥は前方でふと上がったり下がったり、ときには戻って目の前で羽ばたき、チチとさえずりもした。彼女はその縁起のいい導きにとてもがまんできず、そのまばゆい黄色い小鳥の後についていった。その日は、ちょうど雨上がりで晴れたばかりだった。山がいちばんさわやかで明るい時間で、朝の光もそよ風にただよう香りも、その小鳥の飛翔に神の呼びかけの力を添えていた。彼女はその友好的でいたずらな小鳥について、一歩一歩と山に上り、いつの間にか雲の中に入っていた。まだ雲の下にいたとき、足がもう重くなり、とっくに坐って休もうと思っていた。雲に入ったあと、小鳥は彼女の疲れが分かったのか、大きな青石の上に止まった。これはきっと神様のお慈悲だわ、そうじゃなかったら、どうしてこんなに思いやってくれるのと彼女は思った。彼女は巨岩の下に坐り、流れのなかの魚を見た。魚は一寸か二寸くらいで、活発な子どもの群れのようだった。それらはなんの悩みも心配もなく遊びたわむれ、ひとつの模範になる生き方を示していた。透きとおった浅い水のなかの遊泳は悟りを体現し、それがまた彼女を夢中にさせた。鳥が待っていることを忘れ、魚たちの気ままな泳ぎにうっとりした。そうやってどれほど経ったのか忘れ、小鳥を思いだしたときには、幸運をもたらしそうな小鳥はもう飛びさっていた。その希望の表れ、そのきれいな小鳥はいなくなった。もともとは連れがいたのに、一人で残されてしまったのだ。飛翔する希望は、跡形もなくなっていた。希望のどんな消滅も、しばらくは人をぼんやりさせる。ひどくつじつまの合わない希望の消失であっても、しばらく人をぼんやりさせるのだ。彼女はもうなにかやろうという気持ちがなくなった。あるいは、今日はなぜ出かけたのか、忘れてしまったのかもしれない。

彼女は獣道に入り、鳥の鳴き声を追って夢中で探した。断崖の先に立って見おろすと、雲や霞が明るく輝き、空が青くて鏡のように光るのが見えるだけだった。その視野のひらけた場所に長いあいだ立っていても、黄色い小鳥はもう二度と見つからなかった。白い雲が切れたとき、驚いたことに、彼女はそこから張家村が見えることがわかった。張家村からその山の麓まで、玉石を敷きつめた農道がつづいて大きな二株の金木犀の下で途切れ、陽光で白く光った九十九折りの道がそれにつづいていた。誰がだれだか見分けがつかないが、畑で村人たちがゆっくりうごめくのが、それでもはっきり見えた。それに、七、八歳の子どもが何人か、道端の草地で牛の番をしていた。張家村には煙突がなく、江水県全域で煙突は普及していなかった。だから、炊事の煙が瓦の隙間からモコモコと出てきて、青い靄が張家村の空にゆらゆらとたゆたっていた。それで、どの家の屋根の下にも女が地面のカマドにかがんで薪をくべ、悠々と鍋や釜のお粥をかき混ぜているのが分かった。彼女たちはみな自分のお粥が上や下の家に較べると、すこしはましだと思っていた。カメからもう酸っぱく、しょっぱくなった漬物を皿に出し、働きに出た家族を待つのだ。鄭玲は自分が異郷のよそ者であることを忘れ、この山奥で生活をやり直したいという願いが、鮮やかな虹のように湧いてきた。彼女は力を与えることを祈り、奇跡を祈り、自分を導いた小鳥に力を貸すように祈った。それで、その鳥がきっといるのだと思い、さえずりがもっとも盛んな山に入っていったのだ。

そこには無数の鳥がいて、みな羽の色が鮮やかだった。鳥が歌いだす主題に、風、木の葉、草の葉、それに虫と獣たちが展開する一大協奏曲がまさに上演されていた。想像もできないほどの豊かな音色と色彩がまつわり、美を過剰なまでに解きほぐし明らかにしていた。彼女は木の根に腰を下ろし、じっと動かなかった。彼女はマナーのいい聴衆だった。どんなコンサートでもそれほどすばらしくはないと思われた。これはモダン派ではありえない、優美すぎるわ。どんな人だって、ちょっと聞いただけで、この欠点をあれこれ言うのは許さない。これは自然そのもの、これそのものが自然、自然を反映したり、自然を描写したりした作品ではけっしてなく、意表をついて楽しみを与えてくれる。もっと疲れた心だって蘇らないではいられないわ。それはきっと山の霊感だったのだ。山の霊感は人の神筆と同じように再現できないことを彼女は知っていた。それで、深く陶酔し、それにひたった。彼女はすべてを投げうち、不意に次々に詩句が湧いてくるまで立ちあがろうとはしなかった。

そして立ちあがり、姿勢を変え、そのような稀有な出会いのなかで浮かんだ文字を受けとめようとした。

四　地下から伸びた鋭い爪

ほとんどまさに彼女が書こうとしたとき、捉えた詩句で詩を作るという、もともとできないことをやろうとした刹那、地下から大きな手が伸びて、彼女の足をつかんだ。それは地下からバッと出てきた鋭い爪だった。いきなり痛みが走り、すぐにパニックになった。瞬間、脳裏にギュスターブ・ドレ⑥の「神曲」のコウモリの絵が浮かんだ。彼女は叫んだはずだ。山奥の鳥は、あるいは彼女の悲鳴に驚いて飛びさったかもしれない。抱いたばかりの希望、音楽、詩までがみな雲散霧消した。怪物の鋭い爪は、死の恐怖とともに肉に喰いこんだ。彼女はまったくそれがなんだか知らなかった。天国にいる感覚が、絶望と救いのなさにとって代わった。

彼女にまだもっと恐ろしい考えが浮かぶ前に、若い女がその目の前にしゃがんでいた。鄭玲はそれが山頂から飛んできた救いの星だと思った。その人が容頭香だったのだ。

　頭香は大声で、動いちゃだめ、鉄の鋏がしまるからと警告した。鉄の鋏を解いたあと、頭香は言った。まだよかったわ、小動物用、山猫やハクビシン用の鋏だから。もし猪のだったら、足がダメになってたわ。頭香は自分の服の襟をさき、それに噛んだイヌドクサを塗って包帯にした。鄭玲を慰めて、「骨はだいじょうぶ、イヌドクサは痛みと血を止めるわ」と言った。

　頭香は彼女を背負い、片手に彼女が踏んだトラバサミを持った。頭香は彼女に山の決まりを教えた。「トラバサミがだれかを挟んだら、その人の物になるの。これはあなたのものよ」。山を下りると、鄭玲は頭香の背中で濃い金木犀の香りを嗅いだ。これが土質が言った香り花の精だわと、彼女は思った。

　山には神も仏もいない、山中で跳びはねている有史以前の精霊がいるだけだ。落魄した詩人は流血していることを後悔もせず、幸いに山で奇遇に恵まれたことを喜び、彼女を背負っている見知らぬ女は凡人ではないと思った。

　村に帰ると、そのトラバラミは塩長が置いたものだと分かったが、私たちは彼の家の物を没収しようなどとは、夢にも思わなかった。塩長が私たちと仲が良かったことは言うまでもなく、自分の物にしたところで、どうやって使うのか分からなかったのだ。狩りはけっして面白い生業ではなく、苦しいのは置くとして、大いなる学問も必要だった。

私はトラバサミを塩長の家に持っていき、彼の一家をひどく感動させた。他の人たちもそれを理解できないと思った。というのは、それは彼らにとってこだわるだけの価値ある財産だったからだ。

その日の夜、家は人でいっぱいになった。熊おじさん、おばさん、塩長、土質たちは夜が更けてからようやく帰った。彼らの見立てでは、足の傷はすぐによくなるということだった。

頭香は残って、鄭玲につきそった。土質は乾いたワラを二束持ってきて床板に敷き、頭香の寝床にした。頭香は笑って、今夜は金のベッドで寝るのねと言った。土質がそばで頭香をしばらくじっと見ている様子は、どこか木の根っこのように愚かしく見えた。

自然に土質と塩長は鄭玲の親友になった。彼らはどちらも年下だったが、互いにすぐに心の底から分かりあったようだ。

それから、容頭香は二日と置かずに来て、色々な珍しい薬草を持ってきてくれた。鄭玲の足がひどく腫れているのを見ると、山に向かってその霊に歌を捧げた。長い間歌っていたが、何を歌っているのかは分からなかった。

五　陳のねえさんの足は治らず、肺炎にもなった

私たちは毎日頭香が来るのを待ち望んだが、塩長と土質もそうだった。彼女が現れると、みんなが楽しくなるからだ。

頭香はそうやって、張家村でよく見かける人になった。彼女は張家村の人にすこし似てきたが、村の人は本能的に彼女が山の人間だと分かるようだった。温かく人をもてなすのは、張家の人の習わしだったが、頭香はおとなしくて、人を助けに来るのだからなおさらである。

張家村を通りかかる人に村人はみな声をかけてもてなし、ときには友人になったりもした。彼らの話のなかでは、「家でお昼を食べてって」というのが、もっとも頻繁に使われた。だれかが村の口を通りかかったり、畦道で知らない人と遭ったりすると、彼らは一様に「家でお昼を食べてって」と言うのだ。それはただの挨拶ではなく、その人が家に入りさえれば、上客のようにもてなした。村芝居の舞台で寝起きする話のできないお婆さんは、「おばさん」が金木犀の下で「家でお昼を食べてって」と一声かけたので、村に留まったのだ。なぜか分からないが、そのお婆さんは「お昼を食べた」あと、「夕飯を食べ」、そのあとまた「朝ごはん」を食べた。滞在が長くなったので、後に、ご飯を出すのは持ち回りになった。彼らはふつう人の来歴を尋ねなかった。

半月経つと、鄭玲は足が痛んで腫れただけでなく、熱が出て寒気がし、冷汗が滴った。私は驚きあわて、むやみに焦った。なにも手につかず、お手上げということが初めて分かった。幸い、ほどなく九死に一生を得るというのも分かったのだが。

鄭玲の様子がおばさんの耳に入ると、彼女は急いでやってきて鄭玲の脈を診た。おばさんは、陳のねえさんはまだ足が治らないのに、肺炎になったんだよと言った。彼女は塩長に門の下の土を削り取らせ、自分は家に戻って重湯を持ってきた。彼女は重湯と黒い土をこねて卵ほどの泥団子をつくり、それを鄭玲のみぞおちに揉みこんだ。手際は水が流れるように滑らかだった。小声でなにかをつぶやいていた。私と塩長と土質は下の居間で待ち、頭香だけが二階で手伝っていた。しばらくすると、頭香が下りてきた。「陳さん、ねえさんが目を覚ましたわ。上に行って見ていいわよ」。私は駆けあがり、おばさんが窓に向かって泥団子から一本は白く、一本は黒く長い毛を細心に抜いているのを見た。「よし、よし」とおばさんは言って、指でつまんだその「寒毛」を見せてくれた。

鄭玲は熱が下がると、意識もはっきりした。口をきくや、水が飲みたいと言った。

塩長は岩穴へ石蛙を捕まえにいき、全部で百匁以上も捕った。おばさんは炙った玉清の葉に石蛙を皮ごと混ぜ、煎じて鄭玲に飲ませたが、二日もしないで彼女は楽になった。

足の傷の方はよくならず、腫れて痛み、傷口はまだ膿んでいた。しかし、鄭玲はあまりそれを気にしないで、本を読んだり、例の日の山でのことを私に話したりした。私は口には出さなかったが、彼女が破傷風になるのが心配だった。トラバサミは山で泥と木の葉で隠し、ふつうはしばらく置いてから獲物をとりにいく。泥と木の葉に埋もれた鉄器は、破傷風菌がつかないだろうか。しかし、私たちには数分⑦しか現金がなく、人民医院へ行って破傷風の血清注射を打ってもらうだけの力はなかった。人民医院は人民が治療に行くのに金が必要だし、まして当時私たちは、人民と見なされていなかった⑧。口にしづらかったが、私はやはりその懸念を塩長に話した。塩長はそれをおばさんと熊おじさんに伝えた。熊おじさんは四の五の言わず、ざる一杯の穀物と一駄の薪を出すことにした。

塩長一家がみなやって来て、どうやって鄭玲を町まで担いでいくのか相談したが、すくなくとも四人は必要だと言う。ふたりが人を担ぎ、ひとりが柴を背負い、ひとりが穀物を担ぐからだ。私たちがちょうど話しているとき、土質と話のできないお婆さんもやってきた。お婆さんの出現は、私の心配を思いがけない方向へ変え、解決してくれることになった。

六　お婆さんの図案

その日、お婆さんは土質の家へご飯を食べにいき、土質が陳のねえさんの足のことを話したのだった。

私はそのお婆さんとはつきあいがなかった。声の出せないお婆さんは、よく思いがけない処に現れた。ボロは着ていても、その覆い隠せない安らかさと落ち着きは、光や香りみたいに名づけようのない威厳を放っていた。彼女には、軽視されるのを許さない感じがあった。耳は聞こえても話せないそのお婆さんは、字が読めないこと以外は、万事呑みこんで話さないかのようだった。彼女は杖を置いて、足の包帯を解くようにしぐさで示すと、自らかがんでそれを解くのを手伝った。下に落ちた薬のクズには見向きもしないで、パッと足で払いのけた。私は急いでそれを部屋の隅に掃きあつめた。頭香が来ていなくてよかった、そうでなかったら、きっとつらい思いをしただろうと思った。お婆さんは足を注意深く観察し、しまいにはこびりついた膿と血を舌で舐めて確かめた。それから、門前の空き地へいって青石に腰を下ろしたが、その表情からは、焦らなくてもいいという意思が読みとれた。

私たちの注意はすべて彼女に注がれた。みな静まりかえって一大事でも起こったかのようだった。彼女が黙想していた時間は長くはなく、目を開けて暗紅色の石を拾うと、塀の角に奇妙な図案を描いたが、だれもその意味は分からなかった。描きおわると、彼女はまたもとの場所に坐り、だれかを待っているかのようだった。彼女は話せないので、その場にいる人間も一言も話さない。固唾を飲んで見守り、微動だにしなかった。おばさんだけが塀を見つめ、それでも意味を突き止めようとしていた。他の人は、てんでに立ったり坐ったりしていた。

だれもがお婆さんの静まりかえった沈黙のなかに入っていけなかった。私たちは期待を込めた沈黙、熱い冷淡さに凝り固まっていた。私がちょうど彼女は次にどうするのかと思ったとき、頭香がやって来た。いつものように薬草を一束提げ、そのときは竹鼠⑨も一匹提げていた。頭香は狙ったように、まさにそれしかない時に登場した。お婆さんは彼女を一目見るや、だれにも目もくれずに去っていった。ゆれ動く影を引きながら、不思議なお婆さんはフラフラと立ちさった。

頭香は塀の図案を見ると、すぐに手にした物を地面に置いた。彼女は読みはじめた。彼女だけが読んでいる感じで、他の人はおばさんも含めてただ判じているにすぎない。彼女は声に出して何度か読んだが、ほんとうは歌のように小声で何度か唱えていた。しばらく考え、こんどはどうやってその図案の深い意味を表そうかと考えていた。彼女はそれを言葉にしなければならなかったのだ。

私はいま思うに、お婆さんが描いた図案は八〇年代に発見された江永女文字⑩ではなかったのだろうか。もちろんそのはずだったと思う。しかし、お婆さんの図案は、後に公表された江永女文字よりも象形性に富んでいて、公表された記号のように干からび痩せてはいなかったので、断定はできない。すべて菱形だったが、お婆さんのはもっと図案のようで、文字のようではなかった。しかし、私はやはりそれは江永女文字であり、字の風格の差にすぎないとも思う。同じ狭い場所で文字が発見されただけでも珍しいのに、他にもまだ別な文字が存在するだろうか。もしそうなら、少なくともその文字には、あでやかな書き方があったのだと考えてもいいだろう。それはあでやかなだけでなく、威厳のある書き方でもあった。

頭香はとうとう方言でお婆さんの絵を翻訳することができた。塩長は聞き終わると、ただちに家に帰っていった。そのとき、私はまだすっかりその土地の言葉が聞きとれるわけではなかった。熊おじさん、おばさん、土質たちが標準語に言いかえてくれて、ようやく分かった。彼らの標準語はみなたどたどしく、流暢に話せる人はいなかったが、お婆さんの図案の意味はほぼこうだった。我われの山の野生動物、我われの家畜はみな自分で薬を探すことができる。家の猫や犬でも、ケガや病気をすると、人間の世話は受けずに、しばらくすると治ってしまう。はやく人を挟んだそのトラバサミで、老犬を挟め。老犬は世の転変を閲して経験豊富だ。その犬の後についていけば、薬を見つけられる。

彼らは復唱したとき、「我われの」を強調した。その語気は自信と誇りに満ちていた。

塩長はトラバサミを持ってきて、自分の家の老犬を挟もうとしていた。頭香の説明では、竹べらで鄭玲の傷口の膿と血をすこし取り、それを水で薄めて犬にかけるのだという。その後で、何人がかりかで犬の片方の前足を挟んだ。赤犬は悲鳴を上げ、三本足で村を走って出ていった。

「おれがいく」と土質が言った。

鄭玲はそれを見て興奮し、自分を二階に連れていくよう私に言った。わたし、書きたいの、詩の題は考えたわ、「この獣と人と神の雑居するところ」というのよ。

七　そういう技を会得したら、もう二度と町に足を踏み入れない

狩りというと、塩長がトラバサミを仕掛けるのは見よう見まねで覚えたにすぎず、師について習ったことはない。土質こそその能力に長けていた。彼の野生動物に対する知識は蘊奥《うんのう》をきわめていた。あるとき、山猫が彼の鶏をくわえていったとき、山猫はその日は半分しか食わないからと言って、猫が隠した半分を取り戻しにいった。一時間もしないうちに、彼はほんとうに山猫が食べのこした半分を見つけてきた。平日の農作業の休みに、彼がやるのはみな狩りのことだった。トラバサミを使うのは好きではなく、縄の罠を使った。雨上がりに山に上り、獣の足跡のある山

道に何十も何百も、山刀で小さな穴を掘った。三寸ほどの竹ザルでその穴をふさぐのだが、罠の縄をザルに巡らしてあった。よくしなる細い木を探して罠の片方をその先端に結び、ザルにそのしなった木をひっかけて止めるのだ。それは精巧な道具で、先祖の知恵が凝縮されていた。獣が通ってザルを踏むと、罠にはまることになる。ザルが下に落ち、獣は弾んだ木に吊るされる。彼の家には、小さな工場みたいに様々な竹ザルと麻縄が積んであった。罠に使う麻縄は酸化鉄で煮ないと、山の上では濡れて腐ってしまう。麻を煮、縄をない、竹ザルを編むのは、よく見かける彼の仕事だった。狩りにはまだ多くの方法があり、彼が通じていないものはなかったとはいえ、銃や石弓、火薬を使うのには慎重だった。豚の脂の塊で包んだ火薬玉を木の枝に吊るし、食いしん坊の獣が食べると、その頭の半分が消し飛んでしまう。辺りは血の海になり、きれいなものではなかった。石弓は自分で毒矢を作らねばならないが、ふつうは大きな動物に用いる。銃は音が大きいので、彼は好まなかった。縄の罠を使うのが好きなのだ。彼はいつもひとりで寂しそうに好きなことに使うものを作っていた。捕えた獣のなかでは鹿がいちばん多かったが、山猫も猪もあった。他の人は縄の罠で山猫や猪を捕らえられない。縄の罠に牙の鋭い動物をはめるのは、呪文が分かる人ができることだからだ。私は土質に呪文を読ませてほしいと言ったが、彼は「本はないんだ」と答えた。師からの口伝だったのだ。聞かせてほしいと私は言った。その呪文の威力にひどく興味があった。彼を安心させるために、絶対に口外しないからと約束した。彼は私がうるさく言うのに耐えきれず、ついに大雨のあと、私を山に連れていってくれた。その呪文は人なかで唱えると、力がなくなってしまうのだと言う。

その日、彼は腰にいっぱい縄の罠と竹のザルを下げ、私も同じ格好をした。途中でアシナガバチの巣を見にいったが、秋になって蜂の子を担いで市で売ると、肉よりいい値で売れるのだという。この山の人たちはどうやっても飢え死にすることはない、彼を師にしたいと私は思った。そういう技を会得したら、もう二度と町には足を踏み入れたくない、私たちはこの山や泉や林のなかで、清風と明月を友にして暮らしたいと思った。

雨のあとで土がゆるんで、容易に獣の足跡を見つけられ、楽に穴を掘れた。十数個の穴を掘り、罠をしかける度に、呪文を一度唱えた。それは揺らめき、はるかに広がってゆく声だった。風は連山を揺るがし、雨は岩と木々を洗い流した。私は狼の遠ぼえと虎の咆哮を聞いた。鹿のよく通る声が聞こえ、アリクイと蛇の声なき声も聞こえた。狩人だけに聞こえる音を、呪文は自然より巧みに模倣していた。その呪文は人の声によって山の音をすべて束ねた。山に対する心からの崇拝は、彼の広げた胸と開いた腕、その野生的な姿勢と野太い声によって表された。その呪文はかけらも下品なところがなく、呼びかけと賛歌であり、昂った生命の情調と山の交錯だった。その末尾を私ははっきりと覚えている。「グワングワンドン」だ。それは毎日、夜が更けたとき、山林に響きわたるだれも見たことのない鳥の鳴き声だった。

八　鄭玲はまた腰にザルを下げて山菜採りに行った

老犬が帰ってきたとき、土質も帰ってきた。彼は茶碗ほどの太さの藤蔓と葉の厚い草を一束もってかえった。頭香は、その藤は「虎の威に追い風藤」だと知っていたが、その草は知らなかった。おばさんは知っていて、「七つ雲」だと言った。七つ雲が生えているのは、「さすがに驚く」ような場所で、獣は探せるが人は探せない。土質の話では、老犬について岩壁に沿って進み、岩の隙間から採ったのだそうだ。

話のできないお婆さんが、絶妙なタイミングで目の前に現れ、驚くほど大きなアリ何匹かと、驚くような大きいミミズを私に渡した。

彼女はまた図案を描いた。アリとミミズを炙ってから粉にし、藤と七つ雲といっしょに煎じなさいというものだった。カスは塗り、薬は飲むのだ。

その日、頭香は山へ帰らなかった。彼女は薬液の調整ができるからだ。こういうことは狩りをする人間ならできなきゃと、彼女は言った。アリとミミズを炙っているとき、彼女は私たちが聞いたことのない話をした。その太いミミズは、瑶山では食べ物なのだという。きれいに洗って干したら、三ヶ月カメに漬けこみ、上客が来たときに食べるのだ。それから、父のことも話した。彼女も父が亡くなっていたからだ。彼女の父は「虎の威」になって死んだのだという。虎を捕る狩人は、「虎の矢」に当たるか、「虎の威」になるのだと言う。「虎の威」になると、ほとんど治せない。そのとき彼女は幼くて、まだ新中国になる前だった。ある日、父は外で太鼓の鳴る音を聞き、山がどうしてこんなに賑やかなんだろうと奇妙に思った。外に出て見ると、数人の大男が大きな虎を一頭担ぎ、後ろにはドラと太鼓叩きがつづくのが見えた。彼らは門の前を通るとき、あんた、こんな大きな虎を見たことがあるかと大声で言った。父ががまんできずに、虎の背中をひと撫でするると、人も虎もドラも太鼓も、みなふっと消えてしまった。父が掌を見ると、虎の毛が一本掌の真中に刺さっていた。父は驚いて、しまった、オレは虎の矢に当たったんだと思った。母さんがそのとき探してきたのが、「虎の威に追い風藤」だったのよ。でも父さんは治らなかったわと頭香は言った。父さんが欲張ったのがいけなかったの、虎を捕りすぎたのよ。彼女は土質に、「欲張ってはダメって、よく覚えておいて」と戒めた。土質は、師匠が花びらで占いをしてくれて、虎狩りは一生に二頭以上はいけない、その他の生き物は、毎月三匹以上はいけないと教えてくれたんだ、幸い、いま虎はいないけどねと言った。彼は猪やキョンなどは、師の教えをきちんと守っていた。

頭香は膠のように濃い薬湯を一碗煎じたが、それは一晩とろ火で煮だしたものだった。薬は異香を放ち、その夜、家じゅうに匂いが立ちこめた。

薬は思いがけないほど効いた。半日の間に腫れは目に見えて引いていった。ゆっくりと血も止まり、膿も消えていった。何日か経つと、ひどく痒くなってカサブタができた。鄭玲は、また腰に竹かごを下げて山菜採りに出かけた。

九　石灰を運ぶのは嫌だったが、焼くのは面白かった

私たちは友情に包まれていた。友情以外の冷淡さは、ほとんど無視した。電灯も電話もラジオもなく、新聞も郵便局も地平線もないその場所で、私たちはゆっくりと幻想のような希望を持ちはじめた。それは早くからあったのだが、交友が強くなると、はじめのためらいが減ってきた。その幻想は、泣きたいような貧しさと心からの友情が生みだしたものだった。

私はいつも友だちといっしょにいたかった。しかし、昼間は山の上か畑で会えるだけなので、働きにいくのは前よりかいがいしくなった。毎朝、生産隊長が門の前で家ごとに「出動だ」と叫ぶと、私と鄭玲はクワを背負い、山刀を差して村の門に集合し、隊長のその日の仕事の割り振りを聞いた。その村は畑が多くて田んぼが少ないので、ほとんどクワと山刀でこと足りた。

土質と塩長はどこでも私をかばい、私の分からないことを教えてくれた。彼らは竹かごから茹でた芋を出して、私に食べさせてくれた。夏なら枯れ草を燃やして、イナゴを捉まえて焼き、その卵巣を出して腹の足しにしてくれた。彼らは私を兄弟のように遇してくれた。しかし、私はや

はり働きにいくのが好きではなかった。ひどく疲れるからだ。だから、雨が降るのを待ち望んだ。雨が降ればふつうは休みになり、家で本を読んだり、何か書いたり、あるいはだれかと話ができた。働きにいくにしても、笠をかぶり蓑を着けたのどかな恰好が好きだった。やることはいくらもなく、畑や野にはまばらに蓑笠が動いているだけで、すこしの風と小ぬか雨のなかで、帰りたくないような気がしたものだ。

鄭玲は私よりまじめだった。仕事をするのは着実で、手を抜かなかった。とくに器用さが求められる仕事が得意だった。仕事が終わって帰宅しても、炊事、洗濯、繕いをしなければならなかった。彼女は針仕事がうまく、刺繍や継ぎあてでは新しい工夫をした。そんな環境のなかでもきれい好きで、「汚れは笑っても、継ぎは笑わない」というのがそのときの彼女の衣装哲学だった。寝る前にはかならず床を掃き、そうでないと眠れず、掃かないと「顔を洗わなかったようなものよ」と彼女は言った。「希望を生みだす」日々は、じつは深い不安のなかにあったのだが、細かいことにこだわらない態度は、明らかに彼女によって調えられたのだ。

彼女は苦しいなかでもずるくなく、冷静に懸命に持ちこたえた。私はそれほど従順ではなく、やり方を変えてはごまかした。鉱道から出るとき、担いだ石灰をすこし歩いては揺さぶり、村に戻るといくらも残っていなかった。石灰担ぎは私にとってはひどくつらい仕事だった。苦しさのなかでは、女は男よりも強いのだろうか。裏切り者や売国奴は男が多いような気がする。

石灰担ぎはいやだったが、反対に石灰を焼くのは面白かった。石灰は冬に焼いた。村のすべての男の働き手が蒲団を巻いて持っていき、窯場で寝た。女と、子どもが生まれそうな家の男は、だれも窯場に行くことが許されなかった。さもないと、窯が崩れると言われていたからだ。窯場にいる人も家に帰れず、女に触ると石灰が焼けなくなるとされていた。石灰ができないと、その年の収入は望みがなくなってしまう。石灰を焼くときは、いい酒にいい料理があった。三度三度、鉄の大鍋に自家製の豆腐やひとつ百グラムほどの肉の塊が煮えていて、祭のときにも負けなかった。人は窯のそばでむしろを敷いて坐ったり、石灰を焼く火のそばで坐ったりするが、小雨が降っても頭は濡れなかった。腹いっぱい飲み食いしたら寝て、自分が薪をくべる番になったら起きる。人が多いので、数時間に一度だけで、ほとんどの間、食べては寝て遊んでいた。

ここまで書いてきて、記憶というのは色がつき、頑固なものだということに、ようやく気がついた。つまり、記憶は強い情緒に包まれているのだ。石灰を焼くのは昼も夜も火を止めてはならないが、私は夜のことを覚えているだけで、昼のことは覚えていない。橙色の夜と、夜の深処に現れたファンタジーが記憶に深く刻みこまれていて、それは渇いた者が水のことを覚えているようなものだ。

しばらく家を離れて、いっしょになった男たちはみな子どもになり、すぐに何の気がかりもなくなった。無邪気で気ままだった。顔を上げれば酒を飲み、ズボンを下ろすと大便をした。同じ窯で石灰を焼いた者は同じ塹壕の戦友みたいで、いつもは気の合わない者同士も窯場に行くと親しくなった。谷に咲いた巨大な石榴のような炎は、生き物たちを呼びよせる。そのため、火の輝きのなかの夜はほんとうの饗宴だった。周囲を見渡すと、そそり立った世界にピカピカ光る多くの目があった。大胆なのは火の光に照らされているところまで入ってきた。立っているのも坐っているのもあり、涎を垂らしてうろついているのもあった。それらは遠くで、もう鉄鍋の肉の匂いを嗅ぎつけたのだ。そこがもともと彼らの住み処だったオオヤモリや山鼠、蛇、その他の爬虫類までにぎやかに跳ねまわった。肉食の山鼠などは、あわただしく肉のカケラや骨を運んだ。夜の山、闇夜に火で光る山は、昼よりも野趣に富んでいた。それは私の幻想を強固にし、昼には不可能な可能性をくり広げた。石山の頂の木の梢から飛びたった大鳥が、私の幻想をきらめく星の上にそっと置いた。

しかし、家に残った女たちを思いだすと、昼だけで夜のイメージがない。石灰を焼く日々は、彼女たちのもっとも気楽な日々だった。私が窯の天辺に立って緑に覆われた村を見渡すと、冬の陽射しを浴びた彼女たちは、金木犀の下で踊り跳ねあがって喜んでいた。話し声がみな大きくなり、甲高い笑い声も聞こえそうだった。女だけの村はいつもよりずっと活発だ。彼女たちは、しばらく男の面倒を見る重荷を下ろして楽しんでいたのだ。何人かは子どもを背負い、近所を回りながら実家に帰っていた。石灰を焼くときだけ、彼女たちは実家に帰れる。だから、張家村ではその時期、女の人が祭りのときより浮き浮きしていた。

しかし、鄭玲は彼女たちとちがい、どこにも寄る辺がなかった。私の記憶は、彼女が再び暗黒にまい戻ったときにたち帰る。彼女の傷が癒えたあと、最初の石灰を焼く日々、彼女はひとりでガランとした二階建ての家を守り、頭香が来るのを待ち望んだ。が、あいにく頭香は来なかった。よりによって、なぜ頭香がそのとき来ないのかは分からなかった。彼女はひとりで暗黒のなかの暗黒を守るしかなかった。しかし、彼女は孤独でいられるし、寂しくはなかったと私は信じる。暗黒のなかの暗黒は、彼女の内心の足掻きが作りだすものだったから。彼女は自分を滅ぼすようなことはしない。まさにこの夜が次の夜を繰り返すなかで、彼女は長編詩、「この人と獣と神の雑居するところ」を完成したのだったから。

十　頭香は鳥祭りに結婚することにした

頭香はスカーフを一枚持ってきた。彼女が長い間刺繍していた藍色のスカーフだった。彼女は土質に渡してくれるよう鄭玲に頼んだ。これは「記念」だと言えば、土質は分かるからと言った。私たちは「記念」というのは、きっと誓いのしるしだと思った。鄭玲が記念を土質に渡して間もなく、彼らがすぐに結婚することを聞いた。

頭香は鳥祭りに結婚することにした。鳥祭りの日は地面にトウモロコシを撒き、木の上に団子を吊るす。鳥は雲のように空を飛びまわって降りてくる。その山の外ではもうなくなった祭りを張家村では毎年祝っていて、鳥までその日を覚えていた。彼らは山と谷の友誼をよく覚えているのだ。空がようやく明けると、家の上、木の上、石山の上は鳥でいっぱいになる。その日、村では精進料理を食べ、老いも若きも青空の下で鳥に餌をやりにいく。手許のコーリャン団子、ソバ団子、トウモロコシの粒を撒きおわると、てんでに坐って鳥が喜んでいるのを楽しむ。頭香は鳥祭りの日を選んで結婚した。来客は皇帝家の結婚にも劣らず、盛装した客たちで山が溢れんばかりだった。彼女は実家の人がいないので、おばさんが何人か女の人を頼み、彼女の村の歌を歌ってもらうと、頭香は涙を流して喜んだ。話のできないお婆さんは、鳥と花が彫刻してある琥珀を彼女に贈ったが、ずいぶん年代のありそうなものだった。鄭玲は、とてもお婆さんのプレゼントには及ばないけれどと言って、好きな浅緑のスカーフをお返しに贈った。婚礼は派手ではなく、新郎新婦が酒を一杯飲みほすと、みんなで鳥に餌をやりにいった。土質は頭香が贈った「記念」を頭にかぶっていた。彼女も似たような藍色のスカーフをかぶっていたが、それは土質が彼女に贈った記念だったのかもしれない。

鳥祭りの日には、人間も団子を食べた。人が食べる団子は枕ほどの大きさで、ほんとうは特大のもち米で作った粽だった。外は筍の皮で包み、食べるときにひと欠けずつに切る。畑で食べるのだ。食べる前にすこし空に投げあげ、鳥がそれをくわえると吉兆だとされた。といっても、ほとんどが儀式で、鳥がくわえるのを見たことがなく、空に上がった団子はひとつの例外もなく地面に落ちてきた。もちろん木に投げてもいいのだが、鳥はやはりくわえず、反対に餌をついばんでいたのが驚いて飛びさってしまう。昼過ぎからの活動は、もうすこし現実的だった。前の山の巨岩に行き、だれが投げた団子が鳥に多く食べられたのかを調べるのだ。鳥が食べた団子を投げた人が、運がいいとされた。私が投げた団子はそのままで、鄭玲が投げたのはカスさえなくなっていた。頭香は、陳のねえさんは運がいいわよと大声で叫んだ。

鳥祭りの翌日、村の入り口にとつぜん落雷があって、路に三メートルほどの溝ができた。その日、譚石蛟は民兵を何人か連れ、話のできないお婆さんを捕まえにきた。彼は七斤に言った。公社に報告があったが、あの婆さんは第二十一種の逃亡犯で、おまえらの村に隠れてるんだ。七斤は引き延ばそうとしたが、どうしようもなかった。しかし、幸いにどう探してもお婆さんは見つからなかった。だれもが彼女が見つからないのを喜び、昨日、頭香に贈り物をしてから見かけないと、塩長は言った。その行き場もない、話のできないお婆さん。

お婆さんが寝ていた村芝居の舞台は、もともとごくきれいだったが、譚石蛟が捜索にいったとき、舞台には十匹以上の大きなムカデがはい回っていた。一匹が高い所から彼の首に落ち、跳ねて彼を噛んだ。そのあと、毒でただれて潰れ、彼の左のコメカミには一生消えない傷跡が残ったという。

譚石蛟が去ったあと、私たちはみな舞台に行って、お婆さんが残した大きな図案を見つけた。それはお婆さんが言いたかったことだと私は思った。頭香はそれをつらそうに見ながら方言で言った。私はすでにすこし方言が聞き取れたので、それは「私は逃げる」という意味で、心配しないでという私たちへのメッセージだと分かった。

頭香の予言は後の日々が証明したが、鄭玲の運気はことごとくよかった。私は穀物三斤を緑豆一斤に換え、それで彼女にスープを作って内臓の熱気を鎮めようとした。彼女の熱気は取れて毒が下りた。

十一　私たちは山中で培われた友情を忘れなかった

後に、私たちも逃げた。私たちが逃げるのを余儀なくさせた事件は、別な色彩を帯びている記憶なので、語らないことにしよう。

私たちは夜逃げをした。

その日、七斤は公社の会議から戻ると、譚石蛟が私たちを捕まえる手筈を土質に教え、土質が頭香に教え、頭香が鄭玲に教えた。私たちはすぐに逃げた。山の外で起こったことが私たちに「逃げよ」と教えていた。

あることがらは、永遠にありありと目の前にある。私は車椅子の鄭玲を推して公園に行く道すがら、かつて真っ暗な夜に彼女の手を引いて険しい山道を歩いたことを思いだす。

彼女は詩を持ちかえることに固執しなかった。私は詩稿を二階の窓辺の壁の隙間に隠し、後でまた取りにくるつもりだった。そのとき、私たちが選んだのは詩ではなく、生きることだった。けっきょく離れて数十年、そのつもりだったことは、みな水の泡になった。鄭玲は一度その詩を書きなおそうと試みたのだが、どんなに努力しても、山の中の感覚は取り戻しようがなかった。

数十年、私たちは山中で培われた友情を忘れなかった。そのときの友情が、あるいは後の詩人を完成させたのかもしれない。そのことを山の友だちは知らず、鄭玲の詩を好む友だちも知らない。みな彼女の苦難を知らず、苦難のなかで光と熱を発する天体を知らなかった。

私はずっと彼らを気にかけ、そこに隠した詩稿も忘れなかった。しかし、私はやりたいことをできる力がなく、一九九六年の秋になって、ようやく張家村に戻る機会が訪れた。

道程《みちのり》が長いので、私はまず車で行ける所まで行き、あとはひとりで山に入るよう計画した。その間、同行した友には県城で遊んでもらうことにした。その日は小ぬか雨が降っていた。雨の日に山に入る難しさはよく承知していたので、何十年か前の道がましなコンクリート道路になっていることを期待するしかなかった。町を出たすぐ次の鎮の様子からすると、私たちが山にいたころよりははるかに進歩していた。コンクリート道路を通って山に入る可能性はなくはなかった。

車は張家村に通じる道に入った。心の底に沈んでいるものが、掻きまわされて浮かんでくる。道の右にあった、十九世紀に建てられたすばらしい東屋はなくなっていた。東屋の碑に刻まれていた、一九四二年にヨーロッパの宣教師が書いた口語体の伝道文の冒頭を私はまだ覚えている。「往来する人々よ、あなたたちがこの東屋で休むとき、心を鎮めて、どのような人生がすばらしいか、私が語るのを聞きなさい」。布教文はひどく長く、私は終わりまで読んだ例がなかったので、神がどのように人生を理解しているのか、ずっと知らないままだった。もうすこし行くと、もはやコンクリート道路のことはあきらめたが、車はさらに進むことができた。

前方の両脇の広い斜面はもともと荒れ地だったが、当時、軍が駐留して開墾し、落花生を植えた。その斜面を過ぎると、平地は尽きてしまう。あとは、ひたすら山の中を貫く、骨がバラバラになりそうな道がつづくだけだった。半分も行かないところで、どうしても走れなくなった。私は車を下りるほかなかった。くねくねと山へつづくのは足で踏み分けた路、路なき路とも言えた。

別れて久しい友のいる山。小ぬか雨は降っていたが、私は喜びが湧いてきた。歩きながら、しごくゆったりとした気持ちだった。ここを離れた夜の記憶、あの夜が記憶の底からあまり苦々しくはなく浮かんできた。カタツムリのようにごくゆっくりと近づき、とつぜんトカゲのように跳びあがると、その夜が目の前のすべてを覆った。

十二　私たちは困難な歩みを光あふれる旅に変えた

その夜はひどく暗くて、下を向いても、なにも見えないこと以外になにもなかった。ふり仰いで空を見るしかなかった。空の明るさが山を浮かびあがらせ、それが歩ける路を教えてくれた。私は鄭玲の手を引き、すこしずつ見当をつけた方へ動いていった。一歩ずつではなく、ほんのすこしずつだ。私は自分が立つ場所が固いと信じねばならなかった。彼女がどこに立っているかは分からない。一歩まちがえれば、それが深淵なのか谷底なのか知らなかった。とつぜん落ちても捉まえているからと、保証しなければならなかった。その路は一メートルくらいの浅い溝でも谷底でも、刃のような石が切りたっていた。それに蛇やサソリが蝟集していた。昼はその路がはっきり見えるのだが、夜だと危険は予測できない。木が舞い狂い、恐ろしい形に変幻した。石が私たちを指呼し、三世の罪業を指弾した。地獄の入り口からとつぜん舞い上がった鷹が闇のなかで羽ばたく音は、草を叩きつぶすかのようだった。宗教が生まれる前の精霊が目覚め、獰猛な妖怪がすぐ身近にいた。私たちは自分が自分に与えた教育に拠り、闇のなかで維持している体温に拠って持ちこたえた。そういうなかでは、触角と聴覚に頼るだけで十分で、見えもしないし、見る必要もないので、目を使わないことに容易に慣れた。なにも見えない目を大きく見開き、使わなくてもいい目を大きく見開いた。私たちの眼というのは、光に見開き、闇では光を探すようになっているのだから。

張家村にいたときは、どこへ行くにも長い距離を歩かねばならなかった。来たばかりのころ、彼女はよく「まだ遠いのね」と言った。私は正直に、まだすごく遠いよと答えたものだ。あなたが遠いと言うから、私は動けなくなるのよ、あなたって、いつも人をだませないのだからと彼女は言った。それから私は、遠くないよ、すぐ目の前だと言うことにした。あの山を越えたら着くよと。その夜、私は絶えず言った。焦らないで、もうじき明けるから、もうすぐだから、星も出るかもしれないし、もしかしたら、だれか歩いてきて、明かりを持っているかもしれない。私は他にも楽観的なことを際限なく思いついた。それが私たちを励ましてくれたからだ。

私は彼女の手を引いてゆっくり移動した。

私は「バイカル湖のほとり」を歌った。私の歌声は暗闇のなかでは松明だった。レーニンは亡命中、この歌がいちばん好きだったんだと私は言った。山と谷が完璧に共鳴して、私の息苦しい胸を満たしてくれた。私たちは困難な歩みを自分の力で、勇敢で光あふれる旅に変えた。彼女は歌を聴いて勇気が倍増し、十二月党⑪のことも話した。彼女はすでに前途に横たわる数々の苦難に挑戦する準備ができていた。しかし、私はやはり、「もうじき夜が明けるよ」、もうすこしの辛抱で、最初の光が見えるからと言わざるをえなかった。

私は彼女をだまさなかった。空はほんとうに明るくなった。解放軍が開墾した落花生畑で私たちは路が見えるようになり、まだ目覚めていない鎮が見えた。明るい路はなんと歩きやすかったことだろう。ほんのわずかな力しか残っていなかったが、少なくとも周りが何であるかが分かるのだ。

私は塩長が手に入れてくれた生産隊の証明書を提示し、始発バスのキップを買い、ふたりは犯罪者のようにこっそり車に乗った。車が道県に着くと、下りて朝食を食べた。

車が道県から遠ざかってから、ようやくほっと安堵のため息をついた。

連綿とつづく毛沢東語録が書かれた塀が、道の両側に歩哨兵のように後ろに去っていった。農業宿舎の塀はひとつの例外もなく標語でいっぱいだった。いたるところ紅旗が招き、市が開いている場所は、スローガンが天を震わせていた。私たちはもとよりくたくただったので、そのような味気なさのせいで、目を開けたまま眠りに落ちた。朦朧としたなかで、私は昨夜のことを考えていた。このような経験は、ふたりにしか属さない文化を形成するのに十分だ、狭く、閉ざされ、独自で、伝わる必要のない文化。

私は谷のなかで、歩一歩登ったり下りたりしていた。万古不易の風景と向かいあい、ずっとそのときの体験に浸っていた。そのころの辛い日々に較べれば、今日の辛さはむしろつまらなく、些細なことにすぎない。

十三　私が村を見知らぬばかりか、村が私を見知らなくなっていた

張家村に着いたあと、私はまず井戸端へいって靴を洗った。四本の金木犀はなくなっていた。牛糞の堆肥の匂いがした。私は村に入るのを急がなかった。友だちはもう指呼の間にいる。私は一度は悠々と暮らそうと思ったこの場所を記憶と較べたかった。電線が何本かあるのがすぐ目に入ったが、それらの電線は木の上を越え、屋根を越えていた。その後ろの一並びの新築の家は、広くピカピカしていたが、昔の古い家に較べると、山里の孤高の趣が欠けていた。村の後ろの靠山は生い茂ってはいたが、どうも幽邃な感じが以前ほどはしない。たくさんの黒い山羊を放し飼いにしていたが、それは新しい副業なのだろう。山羊が奇岩の間をよじ登るのは、キョンやハクビシンの出没とは趣を異にしていた。靴を洗いおえたあと、私は戻って高い場所に上った。下はかつて雷が落ちて溝ができたところである。遠くを望むと、山並は以前と同じだった。雨に煙る

遠景は従前のごとく、並の筆ではとても描けない。しかし、金木犀の香りがしない。青石の敷路は、明らかに修理していない。立っているところから眺めると、村の門の塀はとっくに壊れている。村芝居の舞台の上には牛糞が積まれ、舞台や塀に描かれていた人や花などは言うまでもない。私はすこしがっかりした。なぜ個人の家に関わらないことは、だれもかまわないのか。なぜどの家にも関わることを、だれもかまわないのか。

私はゆっくりと村に入ったが、私が村を見知らぬばかりか、村が私を見知らなくなっているのが分かった。

空はすでに暗く、山の背から淡い光が射しこんでいた。向こうから何人か来たが、きっと私の知りあいの子か孫にちがいない。年のいったのは、あのころの子どもなのだ。彼らは私をじろじろ見て、冷淡に通りすぎていった。だれも私に「夕飯を食べてって」とは言わなかった。みんな自分のことにかまけ、上の代のようには通りすがりの人を思いやらないのだろう。ある少年が通りすぎたと思ったら、また走ってきて私に尋ねた。「あなたは、キョンを買いにきたんですか」。彼は自分の判断に自信があるのか、「野生の生き物はいなくなっちゃった。広東人がみんな買ったんだ」と言った。村の門に近づいたとき、何人かで出稼ぎのことを話しこんでいて、だれもが意気盛んだった。「そりゃ、月に千なんぼか手に入るよ」、話し方はきっぱりしていた。その村は栄え、気が高ぶっているのを私は感じはじめた。もとはひとり悠然としていた張家村は、せっかちになっていた。失くした物を慌てて探し、箱や引き出しをひっくり返している人みたいだった。あの頃、村は外の潮流に流されなかったのに、いまはそれに抵抗する力がないかのようだ。しかし、すこし私を慰めてくれたのは、家がみな大きいことだった。開け放しの門から見ると、もう別な時代、千年前と違っているのがすぐに見てとれた。

十四　塩長は来客が私であることを知っていた

塩長は私が来たことを知っていた。私が村の外でうろついていたとき、張家村にはすでにこういう人間が来たと伝わり、塩長は私だと分かったのだろう。彼は村の門で私が贈った青い迷彩服を着て立っていた。それで、私だと知っていたことが分かった。私たちが彼を忘れないように、彼も私たちを忘れていないことが分かった。しかし、私はすぐには彼だと見分けがつかなくなっていた。低い声で、「私は塩長です」と三回言われ、私はようやく両腕を広げた。彼は私を抱きとめず、私の手をしっかりつかんで家まで連れていった。

彼の家にはついたり消えたりする電灯と、画面に雪が降ったような白黒テレビがあった。電話はなく、「聯通」や「移動」[12]もまだ浸透していなかった。彼はいま村では発言権のある人間になり、もう「地主富農の子女」という桎梏はなくなっていた。息子の嫁と孫を紹介したあとで、私たちは一別以来の話をした。彼は小規模の水力発電と黒山羊について、強い達成感を持っていた。長粒米とビンロウ芋のことも話した。残念なことに、おばさんと熊おじさんは今日のいい暮らしを見ることはなかった。また、口吻からして、もちろん私も支持すると思っているらしかったが、彼を代表とする老人たちが、全村協力して農道、石畳と舞台の補修をするよう提起したことも話した。それに、不動産屋のために、もう金木犀を伐らないことも。しかし、若い者はそれらにみな反対した。彼らは昔の物を保存するのに賛成できないのだ。路はコンクリートにするしかなかった。テレビだってあるのに、舞台を直してどうするんだ。金木犀は山にあっても金にならんのに、なんの役に立つんだ。双方ともに譲らず、論争して何年にもなるが、まだ結論は出ていない。彼は元老のように言った。「若い者の言うとおりだったら、ワシの山はどこにあるんだ」。私は微笑んだが、なにも言わなかった。私の力ではその問題は解決しようがないと、ふと思ったからだ。ただ、彼が山に属する物を放置するしかなく、彼自身も孤立しているのが少しつらかった。しかし、やりたくともできない苦しさは、私にはかえって充実していて羨ましかった。

夕食はもちろんすごいご馳走だ。その日ちょうど山からアシナガバチの巣を採ってきていた。彼は息子の嫁に、ハチの子を取りだし、それを同じ大きさに刻んだ脂肉に和え、卵と炒めるように言った。椿油に漬けこんだ豚肉もあり、ぴかぴか光っていた。その夜飲んだのは、私が持っていった「酒鬼酒」という酒だ。何十年ぶりかの酒宴、互いにくつろぎ、酔眼を開けて互いに一笑する。ふたりには、もう言葉はいらなかった。彼が着ている服をどんなときに贈ったのか、どうしても思い出すことができなかった。その服は私たちの友情が、彼の精神世界を構成する要素であることを語っていた。

あのころ七、八歳だった中年の男がふたり挨拶にきた。私はヘビースモーカーなので、バッグに四カートン入れていた。志強という方が訊ねた。「そのバッグのなかは金ですか」。「タバコだよ」、私は答えた。塩文という方が訊ねた。「黒山羊の販路を探してもらえませんかね」。「できない、商売なんてできないんだ」、私は答えた。もし、以前に彼らの生活方式が千年前となにも変わっていないと知らなかったなら、彼らの会話には少なくとも「商品」という単語が増えたことになる。

寝るときになって、塩長はようやく土質のことを話した。話しおわると、彼は灯りの下へ私が贈った本を見にいった。

酒を飲んでいるとき、私が土質のことを持ちだすと、彼が別な話をしだしたのは無理もなかった。彼は私に愉快に酒を飲ませたかったのだ。その夜、私は眠れなかった。夜が明けたら、すぐに頭香に会いにいこう、鄭玲の詩稿も探そうと心に決めた。夜が明ける前に、もうひとつやることがあった。もう一度あの見たことのない鳥の鳴き声を聴くことだった。以前、鄭玲は毎晩ベッドでその鳴き声を待っていて、待ちぼうけを食うことはなかった。彼女は「グワングワンドン」

という鳴き声のなかで眠りに落ちていった。ある散文のなかで、彼女はこう書いている。「私たちは毎夜、グワングワンドンに耳を澄ましたが、それはいったいどんな姿をしているのだろうか。どの岩穴や榛の木の茂みに隠れているのか、私たちはついに知らなかった。昼にそれは姿を見せたことがなかった。私はついにそれは鳥ではなく、深夜の幽玄な芸術ではないかと疑った」

その夜、私は待ちぼうけを食った。深夜の幽玄な芸術は消えてしまったのだ。

十五　頭香は私を美学の谷底から救いだした

私はだれより早く起きた。夜通し悶々として早く夜が明けるのを待っていた。塩長もほとんど私と同じで、私がベッドを下りると、彼も下りて靴をはいた。私は詩稿について彼に話した。塩長は、探さなくていい、きっとなくなってるよ、それより頭香に会いにいこうと言った。というのは、その家は村人たちが値をつけて塩成《イエンチョン》に売ったからだ。塩成というのは、そのころの生産隊長で、農作業に詳しく、家の切り盛りもうまい下層中農だった。彼は家を思いっきり改装したから、詩稿なんて残っていないさ。私はすこしがっかりした。というのは、それがこの旅の目的のひとつだったからだ。たぶん諦めきれなかったのだろう、私はやはり「私の家」の門へ行って、黙祷のように立ちすくんだ。

いま思うと、その詩はとうにすっかり消えうせていたのだ。私は呆然とその家、その詩の墓地を眺めた。鄭玲の詩を好きな友人たちは、彼女のあの詩やこの詩が好きだと言う。しかし、私が思うに、彼らがたぶんもっとも好きな作品は、すでに埋葬されていたのだ。詩の死は、私の心をざわつかせた。灯りの下でその詩を創作していた光景が、明け方の光に浮かんだ。鄭玲は詩に統治され、詩に虐待された。筆を持ちさえすれば、飢えさえ声を立てずに消えたものだった。水を一口飲んでは一篇完成させ、優越と高貴さを感じていた。そのころ、彼女は何篇書いても、すぐにそれをすべて燃やしてしまった。朗読したあと、やむをえず詩稿を灯油ランプの炎に当てるのだ。ただ「この人と獣と神の雑居するところ」だけは、燃やすに忍びなかった。詩のなかには、生命に対する滅ぼすことのできない固い信念、つまり山で出遭った友情に啓発された信念があったことを私は覚えている。詩のなかで、少なくとも当時はけっして存在しなかった社会的な情感のユートピアを構築した。

その詩はとても長かった。それは荘厳なる倨傲の怯えだった。私たちの覚醒を保つのに十分な美の痛棒だった。

塩長は私を土質の家に連れていってくれた。歩きながら、土質が広東の英徳で足場から落ちた細部を話してくれた。私はとても悲しかった。もし山の中なら、見るだけで震える峻険でも彼は難なく越えられた。しかし、彼は町を知らなかった。とくに急速に膨張する町を知らなかった。そこは騒音だけで山奥から来た人間をクラクラさせるのに十分だった。彼は山を離れるべきではなかったのだ。

そのとき、空はすっかり明け放たれようとしていた。山嵐がこの山頂から去ったと思うと、またこっそり別の山頂で吹き荒れた。それは、まるで飽きずに昨日こんな人間が来たと話して回っているようだった。とつぜん、それはまた山頂から吹きおろし、畑や野を覆いつくした。私は山嵐のやさしい慰めを感じた。それは私が山の懐で安らかに過ごしたことをまだ覚えているのだ。

そのとき、私はそこを離れたいとしか思わなかった。その美しい景色から離れたいと思った。悲しくせつない気持ちで、私の記憶を汚したくないと思った。私は頭香に会う勇気がなく、足取りが遅くなった。私の推測では、彼女はすでにやつれたお婆さんになっていた。土質を失った彼女が、どうやって生きているのか想像しようもなかった。頭香は毎日話さねばならない話、やらざるをえない事、考えざるをえない問題、なくてはならない憧れのなかで、いつも土質のことを思うだろう。どんな生活にも省けない瑣事の度に、彼女は土質を連想するだろう。それは受け入れるのがつらい重荷だ。口には出さなかったが、私は彼女に会わないでいようと一度は思った。私は孤独に苦しむ女性が泣いて訴えるのに耐えられない、とくに頭香の嘆きに耐えられそうになかった。私は永遠に三十年前の情熱あふれる頭香をたいせつにしたかった。

その日、彼女のふたりの息子はまだ暗いうちに山に登っていた。昨日雨が降ったので、今日は山に入るいいチャンスなのだ。父も母も腕っこきの猟師で、兄弟はそれを受けつぎ、言うまでもなく腕のいい猟師だった。塩長が鍵のかかっていないドアを開けると、家の中には話のできないお婆さんのような、元気な頭香が坐っていた。彼女は静かに窓際の明るいところに坐り、朝の光が髪に射していた。表情や手足のかるい動作には不安そうな様子があったが、大胆に自分の恋人のもとへ走ったその女性は、いまも山奥から得た力を持っているのだと私は感じた。

彼女の家は、ある情感の濃密な展示室のように物が配置されていた。展示品が門の外からすでに始まっているのに、私はすでに気がついていた。土質の蓑、笠、山刀、斧、竹ザルと縄の罠、大小のトラバサミ、精緻な石弓、もう壊れてしまった銃、山鳥を獲るときのニンジンボクで作った覆い、茅でくくった盾のような覆い、それに天秤棒、肥桶、ザル、雉の尾羽、土質が吹いた草の葉、着ていた服、それらがみな彼女によって生きているかのように配置されていたのだ。だれも山奥の娘に、そのような非凡な聡明さを期待したことはなかっただろう。

それ以上に感動させるものはなかった。そのとき私の受けた衝撃は、言葉ではとても表せない。だれが見ても、死に対する抵抗、生命に対する力強い賛歌に感動したことだろう。

どの品も、みないつもは気づかないような姿でそこに生きていた。それらは安らかにあるべき場所にあった。あるいは、彼女が安置したのではなく、物がそれぞれ自分の場所を探し出したのかもしれない。生命に満ちた全体が、それらは使ったばかりで、またすぐに使われるのだと人に信じさせた。それらははっきりと人、とくに頭香に、土質はまだ生きていると告げていた。山で有名な優れた狩人は、山を離れていない。あなたが追い求めた恋人、あなたが生涯寄りそったあの生き生きした善良な土質は、あなたのすぐ傍にいて、遠くに行くことはない。あなたの土質は、毎日いつもどおりに狩りをするか、草取りをしている。あるいは、さっきまだ外で薪割りをしていた。土質にはあなたがいて、ふたりの子どもがいるのだから、けっして遠くに行くことはありえない。いまは、市へ行って、友だちに会っているのだ、町の近くの鎮へ酒を買いにいって、すぐに帰ってくるのだ。

それは私の印象だ。私のその印象は、それらの物の明瞭で誤ることのない言葉から来たものだった。しかし、それはそれらの物どうしの高度な暗黙の了解に関係していたと私は思う。それらが雄弁に土質がそこにいることを信じさせたと言うより、期せずして、頭香本人の新しい生命のすべての秘密を語っていると言った方がよい。私の理解では、それらのすべてが、彼女と土質の終わりのない情感の発展と固く結びついていた。それだけしか理解できなかったが、私は彼女の豊かさを極めつくすことなどできないことを知っている。彼女が字を多くは知らない山の女にすぎないとしても。頭香は、昨日から私がうっかり陥っていた美学の谷底の呆然自失から、いっぺんに救いだしてくれた。私はしばらくの間、心底から楽しんだ。

私が訪問した時間は長くはなかった。彼女が会って最初に言ったのは、「陳さん、あなたが会いに来てくれると分かってたわ。ねえさんは元気なの」だった。

私は鄭玲の散文集『灯りは入り口である』を彼女に贈り、本のなかで彼女と土質、塩長に触れている箇所を指し示した。「陳さんのねえさんの本は、私たちのことも書いてあるのね、わたし、土質に教えなきゃ」、彼女は言った。

私はとても満ち足りて彼女に別れを告げた。自身に切々と訴えかける彼女の優美な歌が聴こえた。彼女だけが山が本来持っている立場を維持していた。

塩長が私を県城まで送ってくれ、その出発のときに、また彼女と出遭った。最後に仰ぎ見たときは、まるで高い山を仰ぎ見るかのようだった。

私と塩長は落雷で溝になったところで、彼女が歌うように叫ぶのを聞いた。それは注意を促すようでもあり、家族が遠くへいく身内に言い含めているようでもあった。

それは私に言っていたのかもしれない。

私にはもちろんその方言の意味が分かった。

「神はもう私たちから遠く離れていった」

訳注

①張家村＝湖南省と広西省との省境にある山間部の村。湖南省江永県に属する。

②土地改革＝封建地主の土地・家屋などの無償の没収と貧農への分与を基本的な内容とした改革。一九四七年にまず東北、華北が、五〇年以降で各地に行われた。五二年までに完了し、三億人の農民で七億ムーの土地が分配された。

③上山下郷運動＝都市の知識青年が農村におもむき農業生産に参加する政策、あるいは政治運動。就職問題を解決する措置として、一九五〇年代にはすでに始まっていた。文革期に、都会での就職難、政治混乱の収拾や社会治安のため、また、労働者や農民との結びつきを都市青年の世界観を改造する手段として大々的に展開された。

④鄭玲＝一九三一〜二〇一三年　詩人。四川省重慶出身。中国作家協会会員、中国詩歌学会理事。著書に『鄭玲詩選』など多数。十六歳で人民解放軍に参加し、遊撃戦に従事。一九五九年に「右派分子」として批判され、張家村に労働改造に送られた。そのとき、七歳年下の作者が彼女に「いっしょについて行った」。したがって、彼女は同時に「花嫁の美しい帽子」を被ったことになると、『重慶晩報』（二〇一九年二月一日）の追想記事は評している。

⑤労働点数＝農業生産合作社と人民公社において、農民の報酬を計算する単位になった数字。一労働日十点一元を基準として、労働の強弱、技術の高低により決められた。

⑥ギュスターブ・ドレ＝一八三二〜一八九八年　フランスのイラストレーター、画家。シャルル・ペローの寓話集など、本の挿絵のためのリトグラフも多く手掛けた。
⑦分＝中国の最小の通貨単位。一角の十分の一、一元の百分の一。
⑧人民と見なされない＝「私」と鄭玲が、いわゆる「黒五類」とされていたことを示す箇所。一九七〇年ころまで、地主、富農、反革命分子、悪質分子、右派分子とされた者は、「人民の敵対勢力」として政治運動の度につねに批判、粛清の対象にされた。
⑨竹鼠＝中国南部の竹林などに生息するネズミの仲間。体長二〇〜五〇センチで、食用にされる。
⑩江永女文字＝中国南部の湖南省江永県などの地域において、専ら女性により用いられた文字。近年までその存在はほとんど外部に知られていなかった。
⑪十二月党＝デカブリストとも言う。一八二五年十二月に、貴族の将校を中心にツァーリズム打倒と農奴解放を要求して反乱を起こした。
⑫「聯通」、「移動」＝聯通は「中国聯合通信」のこと。一九九四年に中国政府によって設立された通信事業者。移動は「中国移動通信」のことで、世界最大の携帯電話事業者。

東《トン》方《ファン》莎《シャー》莎《シャー》

小説家、散文作家。著書に、長編小説『愛と明日、どちらが先に来るか誰も知らない』、散文集『猫の眼の見た世界』など十数冊。国家、省レベルの受賞歴数十回。本作で第七回全国冰心散文賞を受賞。

塩、血脈に温かく流れるもの

一

最近、私は塩分を含んだ香水をひとつ手に入れた。それはカルバン・クラインの「リヴィエール」、すなわち女性の肌の淡い香りを「開かせる」フレグランスだ。塩分を含んだ香水というのは、それがはじめてではないが、私はその率直で勇猛果敢なのが好きだ。トップノートからして塩からさが目立ち、立場をはっきり表明していて、すぐに私の嗅覚をわしづかみにした。海の塩の成分が大胆に使われていて、塩からい香りが辺りにあふれ、そのあとで、いくつかの胡椒、つまりピンク胡椒、黒胡椒、白胡椒などが次々に現れ、清新ななかにやや辛く、まるで海辺で朝日の中を走っているセクシーな女性がうっすら汗をかいているかのようだ。

トップノートの後は、層をなしてイチハツの花びらが次々に開き、それに海水のなかで百年浄化された龍涎香の香気もあって、その特有の馥郁たる香りと海の塩、イチハツの香りが一体になる。そして、最後に現れるのは、温かい感じの白檀にエロティックな通路を拓いてくれる麝香、それに濃淡のほどよいオキナワミチシバ。その三種類のオリエントの香料に、同じく東洋のイチハツの花が、東洋の悠久の風雅な香水を形作っている。それに加えて、塩からさのきらめく登場の宣言から、あるかなきかの退場まで、感性的な東洋、温かい東洋をはっきりと表現している。そのごくシンプルなボトルは、ガラスの地と金色の配色で、白鳥の羽毛のように柔らかく滑らかな触感は、あたかも東洋の美女の肌のようだ。

この海の塩のトーンの香水は、私にある話を思いださせる。

昔、ある皇帝が料理人に尋ねた。「この世のもので、なにがいちばんうまいと思う」。料理人はなんのためらいもなく答えた。「塩でございます」。皇帝は料理人が彼をからかっていると思い、料理人の首を斬ろうとした。料理人はあわてず騒がず言った。「陛下、私に最後に御膳を作らせてください。召し上がって、私がまちがっていると思ってから殺しても、遅くはありません」。それは塩のない宴席で、皇帝はそれを味わうや、無塩は無味だと分かり、料理人の死を免じたというものだ。

私たちのこの青い星は、七十一パーセントが海で、海水は塩分を含んでいて塩からい。さらに私たちを支える大地の下には、無数の塩泉があり、私たち中国人は最初に塩泉を掘った人間だ。塩、それは私たちの生活に重要な地位を占めている。そのうえ、私の血脈はいっそう塩と切り離せない。

私は塩から匂いに対して、普通の人よりも愛着が深いのかもしれない。というのは、私の祖母の家族はかつて自貢①で塩を作っていたからだ。普通の人は家族に触れるとなると、ほとんどが自分の父の家系を持ちだす。しかし、私がここに書くのは母系の家族で、塩と深く複雑な関係があり、私に深い敬意とこの上ない温かさを感じさせる家族である。

遥か遠くの一八五三年の四月、ライラックはすでにピンクの小さな丸い蕾の中から無数の柔らかい花びらをいっせいに開き、その鶏のトサカのような花は、先を争って春の色を綻ばせた。まるで雄鶏が暁を知らせるように。真っ白な蕊は小さな黄色い帽子をかぶって、外の世界を手探りしていた。そして、レモンの木には、紫が白を帯びたのか、白が紫を帯びたのかはっきりと言えない小花も、もう待ちきれずにライラックや椿や桜桃、その他の名も知らない花々といっしょに妍を競っていた。それは西南部の四川の四月、春はウグイスの歌とツバメの舞のなかにあった。

しかし、東部に位置する南京は、本来なら深く澄んだ青空にしばしば暗雲が垂れこめ、花々は泣きっ面をして美しさを潜めていた。なぜなら、太平軍の鉄蹄の音が遠くから近づき、天をどよもす戦の響きが絶えることがなかったからだ。かつては勇猛だった八旗②や緑営の軍は、なんとしたことか、太平軍の敵ではなかった。それまでに鎮圧に派遣された将軍たちは、広西提督の向栄も、巡撫の周天爵も、広州副都統の烏蘭泰も、あるいは欽差大臣の賽向阿も、両江総督の徐広縉なども、太平軍の前ではみな張り子の虎にすぎなかった。それが太平軍を広西から湖南、湖北、江西、南京と猛烈な勢いで進軍させ、しまいに南京を落として都とし、清朝政府と対等に振る舞わせることになった。硝煙が四方に立ち昇り、江蘇の道は断たれ、橋も断たれたが、もっと重要なのは塩の道が断たれたことだった。暮らしに必要な七つの物、薪、米、油、塩、味噌、酢、茶のうち、もっとも重要な物がなくなり、湖北、湖南の庶民はすでに力つき、食事ができなくなってしまっていた。

遠く首都の咸豊《かんぽう》皇帝はさらに一段と憂慮を深めていた。それは彼が即位して三年目のことだった。ようやく二十三歳になった彼は政務にいそしみ、賢明で、臣下に聖賢を求める皇帝と言えた。そのとき、彼も深く悩み焦慮し、いても立ってもいられなかった。一貫して広く言論を求めた彼は、塩の件のために臣下たちを何度も宮中に集めて協議した。臣下たちは多弁で、策を提示し、各々が自己の見解を述べたてた。そして、ついに咸豊皇帝は公文書を発し、史上初めて「四川の塩で楚を救う」序幕を開いたのだった。

春の四川の自貢では、花々が錦のように開いただけでなく、空前の経済的な繁栄が沸きおこった。古い塩井だけではとても足りず、新しい塩井がすぐに花のように開かれた。人々はモグラのように地を掘りおこし、ただあの塩っぱい味のためだけにごった返した。楠の球形の樹冠は空にきれいに丸く弧を描き、それらは直立している塩井の矢倉と映えあって、独特の趣をかもしだした。楠の独特な香りは塩からい味と混ざりあい、興奮のなかにも非現実的な感じをもたらした。好景気が思いもかけず到来し、ついにはにわかに信じがたいほどだった。しかし、ぼんやりしたのは短かった。というのは、塩からい匂いがしだいに人々の息を落ち着かせ、元に戻したからだ。

塩業の隆盛は新しい塩工場と塩商人の誕生を促したが、私の祖母の祖先もそのなかにいた。彼らはすでにあった塩工場の規模を拡大し、田舎のいくつかの畑を抵当にして資金を捻出し、新しい井戸を掘削した。その前の半商半農から完全な商人への転換と、農地から塩田への変化は、ひとつの質的な飛躍だった。あたかも前世紀の七、八〇年代の改革開放のなかで、広東という前線の農民たちが畑から出て足を洗い、町へいって商売をしたのと同じことだった。その他に、商人を招いて資金を引き出したり、外部の資金を合理的に運用したのも、祖母の祖先の一大進歩だった。なぜなら、それは「自分の金あればこそ、大事をなせる」という家訓を覆すことになるからだ。チャンスが来たなら来たのだ。あとはお客様の腕しだい、というわけだった。

清朝政府は明末に破壊された塩業生産を回復させてから、民の自由に任せて塩井を掘らせ、工場を私有化させるという政策を採用した。政府は塩税だけを要求したので、自貢の塩業生産は長足の発展を遂げた。地理的に辺鄙で、蜀の道は輸送が困難でもあったので、江蘇の塩業とは競争のしようがなかったが、地下の塩泉資源は豊富で、製塩の歴史は長く、そのため自貢の塩業は西南地方でやはり輝かしい地位を占めていた。

塩井は現代人にとって、もはやなにも珍しいものではなくなったが、それにしても、だれがもっとも早くそれを発明したのだろうか。その点に関しては、あまりはっきりしていない。古代に李冰という有名人がいて、彼が都江堰《とこうえん》③の工事をしたことを知らない人はいない。つまりは、その偉大な水利技術者が、二千年以上前に水害に悩まされていた蜀の国のために、都江堰の工事をしていたところ、偶然に塩泉を発見した。人民を引きつれ、鍬や、ノミや、棒や、ツルハシなどの道具で、長さ十五メートル、直径二メートルの広都塩井を掘った。それによって、中国の塩井の序幕が切って落とされ、その後、続々と多くの興味深い話が生まれたというのだ。

一八三五年になると、自貢の人々は「燊海井」という塩井の開鑿の成功のために、快哉の声を上げた。というのは、それは世界で初めて千メーターを超える塩井だったからだ。しかし、「燊海井」が誕生してから十年後、アメリカの掘削技術はようやく五百十八メーターに達したばかりで、ロシアやその他のヨーロッパの国のレベルはさらに劣っていた。その里程標的な掘削工事は、ユネスコに「世界の油田、塩井の掘削の父」と評価されている。

私は数えきれないほど祖母の祖先たちを夢に見た。朝早く起きたとき、夜に寝るとき、各種の節句のときには、例の偉大な蜀の太守李冰のために香を焚いて礼拝するというのも、祖母がしばしば私に語ってくれたことだ。

祖母の先祖は江蘇、浙江地方から来た。湖北湖南、広東広西の人々が四川に移民したとき、大家族六人兄弟のなかの三人の兄弟が四川に開拓にきたのだという。竹ざおで境界線を引き、一区画をそれぞれの家にしたのだという。

江蘇、浙江はわりあい豊かで、だれもが故郷にいることを好む。でも、動くのが好き、探検が好き、変わったことが好きな人はどの道いるものだし、他人からは分からない気持ちや好みの人もいれば、人には言えない訳があって行く人もいた。要するに、祖母の先祖たちが故郷を離れた理由は、後代からは分からないけれど、はるばる東から西へ千里を越えてやってきたことは、牢固とした事実である。

残酷な戦争がなんと自貢の塩業を繁栄させたのは塩が人々の毎日の必需品で、ぜいたく品ではなく、必要があれば発展するからだった。自貢の塩井や工場主、塩業労働者、塩商人たちは、大鍋一杯に煮だされた真っ白い塩を見るたびに、真っ白い銀を見たかのように顔をほころばせた。そんなにいいものを地下深く足下に埋め、そんなにもすばらしい景気をもたらした神の恩恵に彼らは感謝した。

東部の戦争は十年以上つづいて、刀槍の影をようやく潜めた。庶民と長年戦役に従った兵卒たちにとっては、いいことにはちがいなかった。どこに魂も消えるような日々をつづけたがる者があろう。戦争の苦しみを舐めつくした人々の「安寧」という二文字に対する解釈は、平和な地区の人々よりもずっと深いものがあったはずだ。

湖北と湖南が江蘇の販路に復帰するにつれ、十数年沈黙していた江蘇の塩がまたその地に入ってきた。清朝政府は軽く手を払うだけで、なんの情もなく戦時に犬馬の労を取った四川の塩をその広い地域から追いはらった。江蘇の塩と四川の塩を平和時で較べるなら、どちらが庶子でどちらが嫡子か一目瞭然だった。販売地域の大規模な減少にしたがい、四川の塩は在庫が増え、塩商人は転業し、自貢の多くの工場から出資者が撤退して休業し、人々が去った塩井はがらんとしてしまった。

そのとき、咸豊皇帝はすでに逝去していた。在位十数年というもの内憂外患で、太平天国の蜂起の火がますます燃えさかっただけでなく、英仏連合軍の鉄蹄も境を侵した。咸豊は派兵して抵抗したが、ついに敗北し、国辱的な「北京条約」④の締結でもってそれは終わりを告げた。そして、彼自身も三十一歳のその年に崩御した。臨終の前に、後事を託すことは忘れなかったが、それが史上有名な「顧命八大臣」⑤である。

しかし、咸豊は朝廷の多様な政治勢力に対する顧慮が足りなかった。最後には、恭親王奕訢《えきそ》とふたりの太后の勢力が連合して宮廷クーデターを起こす結果になった。すなわち「辛酉《しんゆう》政変」である。彼らは八大臣のグループを打ち破ったが、つづいて現れたのが西太后専制の局面だった。皇太后が「簾越しに政治を執る」その状況は、なんと半世紀近くの中国の歴史に影響を及ぼしたが、それは咸豊が生前には夢にも思わなかったことだろう。

江蘇はしばらく閑散としていたが、ふたりの太后と恭親王奕訢が執政する清朝政府は、どうやら健忘症になったらしく、一夜にして四川の塩がかつて「楚を救った」ことを忘れてしまった。彼らは戦時に行方不明になった実の子を呼びかえし、挙げて優遇政策を江蘇の塩に与えた。江蘇の塩は復活し、当たるべからざる勢いで発展した。しかし、四川の塩業はその後の軍閥混戦と度重なる過酷な雑税のために、光り輝く道から足を上げることさえできない状態に転落した。自貢の塩業もつねに清朝政府に「ノー」と言いつづけたが、困難の度がいっそう高まる事実はもはや変えようがなかった。

十九世紀の七〇年代から二十世紀の三〇年代、自貢の塩業は谷底を這っていて、陥没性の地震に遭ったようなものだった。あの日の出の勢い、あの風そよぎ日うららかで、鳥鳴き蛙鳴く日々はまったく隔世の感があった。六十年以上の零落は、かつての輝かしさをただの一場の夢にしてしまったようだった。六十歳以下の四川人は、当時年寄りたちが四川塩業の活況を話すのを聞くと、だれもがホラを吹いていると思った。というのは、荒れはてて崩れはてた塩井や工場はもう白い輝きを放たず、地面の傷跡が横たわっているだけでは、たいした証拠にならなかったからだ。その頃は、撮影業も発達しておらず、ほとんど映像も証明にはならなかった。

幸いなことに、祖母の先祖は、輝かしい時期に他の大塩商のようには金遣いが荒くなく、阿片や大麻にはまったり、ひけらかして歩いたりもしなかった。塩業だけに専念せず、その他の産業にも関わっていたので、ある大家族のように一朝にして富み、一朝にして滅びることはなかった。祖母の先祖は、若い世代を海外留学に送りだしたばかりか、家庭では節約に努めて力を蓄え、いい時期の到来を待ち望んだ。その間に、他のいくつかの仕事が伸びた。たとえば、穀物倉庫を建てて貸しだしたり、自分の家の塩井を利用して漬物や塩漬け肉やピータンなどを作ったりした。

長い待機には、忍耐と絶えざる鍛錬、信念の支えが必要である。

チャンスは準備をしている人にもたらされる。一九三九年、抗日戦争が始まるや、国民政府は自貢の塩業の潜勢力を見てとり、年産十五万トンの増産を要求した。一九三七年から、自貢の塩業はふたたび冬眠からよみがえり、そのときの発展はさらにすごい勢いだった。大量の地域外や地元の資金が新しい塩井と天然ガス田の掘削に投入され，自貢もふたたび全面的な繁栄の黄金時代を迎えた。雑草が生い茂った塩井にまた真っ白い塩があふれ出て、その親しみやすい塩からい匂いは、それを吸いこんだ人に胸がいっぱいになる思いをさせた。それは二回目の「四川の塩が楚を救った」時期と呼ばれている。自貢の塩業は六十年以上の雌伏と修養を経て、ついに二度目の春を迎えたのだった。

私の思考は時間のトンネルを貫いて、民国三十年（一九四四年）の六月にまた舞いもどる。自貢で挙行されたあの有名な塩商の「全国国民節約献金」会場で、祖母の父と兄たちが他の塩商と同じく長衣を着て、眼を光らせているのを私は見る。彼らは国家のために発奮し、私財を投じようとしているのだ。「国難に当たって、この国土のどんな国民も、拱手傍観している理由はない」と彼らは語った。わずか一ヶ月ほどの間で、自貢は一億元以上を募金し、「全国一位」になった。

しかし、運命は驚くほど似ていて、一九四五年に抗日戦争に勝利するや、国民政府はかつての清朝政府と同じように、四川の塩という この庶子を投げうちはじめる。令を発して、江蘇の塩を再び湖北と湖南に進出させ、四川の塩をすべてもとの販売地域に撤退させた。自貢の経済は再起し、ふたたび没落した。一九四八年の七、八月の間に、「江蘇を救《たす》け川を抑える」政策はすでに下達され、四川の塩は官に納めることをすべて止められた。それは、当時ちょうど激しいインフレを経験していた塩井の投資者と塩商にとっては、塩を傷口に摺りこまれるのに劣らず心を痛めることだった。

四川の食塩は抗日戦争の間、大後方の安定に特殊な貢献をし、功臣でもあるのに、なぜ国民政府は抗日戦のあと、四川の塩のために、湖北湖南の販路を確保してくれなかったのだろうか。自貢の塩井の投資者と塩商たちは、そのためにみな憤り、心穏やかではなかった。必要なら持っていき、いらなければ足蹴にする、まったく義理も情もないじゃないか。だれもがまた政府に傷つけられ、ふたたび運命にもてあそばれたと感じた。

しかし、自貢の一部の投資者と塩商たちは、自分の運命をとっくに予期していた。時代が与えたチャンスは、時代によって回収されるよう運命づけられていて、個人の努力や闘いではとても追いつかないだろうと。江蘇の塩商は昔から中央政府の大金庫であり、彼らが中央の財布を握っていて、政府は彼らに対してなす術がないことをよく知っていた。四川の塩はただ底板の働きしかできず、多く見積もっても消防隊員でしかなかった。腕は足にかなわない。多くの人は運命を知り、それに抗う力もなかった。

幸いなことに、祖母の父は自貢の塩業の最初の飛躍と没落の経験を見きわめ、抗日戦争がまだ終わらない二度目の黄金期の末期に、すでに塩井を売っていた。そのとき、多くの親戚が反対し、多くの部外者もそれを理解せず、金があるのにもうけないのはバカと同じだと口々に言った。激流から勇気ある撤退をした祖母の父は、こう応じたものだ。「金を稼ぐのに、これでいいということはない。使うのに足りれば、それでたくさんだ。ウチには金の臭いはもうプンプンしている。こんどは、もうちょっと学問の匂いがほしいんだ」。抗日戦争が終わるや、彼は何人かの息子を励まして海を渡らせ、彼らに留学の道を歩ませた。自分は六十の高齢の身で、連れ合いを伴い、先祖のいた杭州の田舎に居を定めた。自貢塩業の二回目の谷底は、彼らの生存の脅威とはならなかった。

祖母の妹（私は五番目の祖母と呼んでいるが）は、すでに両親より先に杭州に行き、生涯愛することになる韓家の御曹司に出会っていた。祖母の兄弟ほとんど海外に行ったが、ひとりだけが、それ以前に軍校で学んで祖国防衛戦争に参加し、のちに重慶の合川に異動した。祖母のその軍人の兄弟のことを、私は大叔父と呼ばねばならないが、彼はとくに娘が好きで、祖母はとくに息子が好きだったので、のちに大叔父は祖母の一番下の娘、つまり私の母を後継ぎにし、彼の息子は祖母の後継ぎになった。

二

時間を一八五六年のあの暑い夏の夕飯のあとに戻そう。それは自貢塩業の一回目の輝かしい時期の三年目になる。祖母の家族の先祖たちは、陝西から投資に来たふたりの商人の巨額の資金を受けいれるかどうか、庭で議論していた。

当時、自貢の何軒かの大規模な塩業工場は、最盛期には数十の塩井、六、七〇〇の石炭と天然ガスの窯を有し、常雇いの各種の職工はどこも千人以上に達していた。

しかし、祖母の祖先の家族は、当時自貢ではおおく見積もっても中小規模の製塩工場で、深いのが三つ、比較的浅いのがふたつ、合わせて五つの塩井を持っていたにすぎない。すべての資金は家族で出しあったものだった。それは他人に頼らず、派手にやらず、着実に地歩を築くという家訓によるものだ。

外来の資金を受け入れることに対して、家族の成員は三派に別れた。一派は賛成票を投じた。新しい塩井を掘るには、さらに三、四万元が必要で、そのうえ少なくとも五、六十人の新しい職工を増やさねばならないからだ。他所の人の金で、ともに豊かになるのはいいことじゃないか、他の工場もみな外の資金を入れていっしょにやり、もっとたくさん儲けているよ。もう一派は、反対票を投じた。それは家訓に反することだ、家族のことに、他人がなんで手をいれるのか。ゆっくり発展してもいい、欲をかいちゃいかん、焦ると、ひっくり返るぞ。もうひとつは、洞が峠を決めこんでいた。出すぎるのをいやがる者もいたし、もともと考えがない者もいた。それで、ひそひそ耳打ちし、大きな声では発言しなかったのだ。

祖母の曽祖父は乃王《ナイワン》というが、その名前は老子『道徳経』の第十六章にちなんだものだった。「常を知るを明と曰ふ。常を知らざれば、妄作して凶なり。常を知れば容。容なれば乃ち公。公なれば乃ち王。王なれば乃ち天。天なれば乃ち道。道なれば乃ち久しくして、身を没するも殆《あやう》からざるなり」という一句からだ。乃王の祖父が名づけたものだった。彼の祖父は『道徳経』を人となりと事をなすことの宝典と見なしていて、その一句の意義を高く評価していた。宇宙の永遠の法則はすべてを包容でき、すべてを包容すれば、大公にして私なく、大公にして私がなければ、天下の君王になれる、天下の君王は天理の法則に適い、天理の法則は必ず「道」に符号する、「道」に符号すれば久しく、終身危ういことがない。彼は自分の家は平凡な庶民の家だが、しかし、庶民の家からもすべてを包容する人間が出るはずだと考えていた。それで、彼は五人の孫にそれにちなんで、乃公《ナイゴン》、乃王、乃天、乃道、乃久と名づけたのだった。

乃王はその年三十七歳、すでに父から家督を任されて二年になっていた。彼の父は六十五歳で家督の管理をその次男に任せると宣言した。長男の乃公はまじめ一方、塩井の技術的な仕事が分かるだけで、現代的な技術者の仕事をやるのが関の山だったからだ。いとこの息子を含めた他の息子たちは、みなその重責を担いきれそうもなかった。次男の乃王は、ことに遭っても冷静沈着で、大局を見通す力があった。そのうえ、道に外れるようなこともなく、いまの言い方をすれば、エネルギー十分だった。それで、彼が家督を受けつぐと、みなはそれに服したが、というのも、彼はたしかに図抜けていたし、アピール力と説得力があったからだ。

乃王はきっぱりと決めた。陝西商人の資金を受けいれよう。というのは、新しい塩井を掘るのに、ウチの資金は明らかに足りないし、田舎のほとんどの畑はもう質屋の抵当に入っていて、あと何箇所かしか畑が残っていない。それは家族の食い扶持分だから、ほんとにもう売り買いも抵当にもできないからだ。兵馬はいまだ動かざるも、糧秣は先行するもの。塩井の事業がすべて失敗しても、家族はなんとかその薄い粥で難関をしのげるというわけだった。

しかし、問題はまだあった。そのふたりの趙という陝西商人はいとこ同士だったが、両方受け入れるのか、それともひとりだけにするのかということだ。

家族の成員はまた三派に別れた。一派はふたりともに受け入れるのに賛成した。理由は、ひとりを受けいれ、もうひとりを受けいれないと、敵を作ってしまうからだ。それに、金は多い方が事をやりやすい。別な一派は、ひとりだけを受け入れるというものだ。万事やりすぎてはいけない。まずは水の深浅を測ってからというわけだった。あとの一派は、相変わらず両方にゆれ動いて決まらず、日和見主義で、そっと耳打ちし、大きな声では発言しなかった。

そのとき、あどけない子どもの声が隅の方から響いてきた。「上の趙おじさんはいい人だ、下の趙おじさんは悪い人だよ。あの日、あのおじさんが銭告《チエンカオ》の物もらいを何度も蹴ったのを、ぼくは見たんだ。血だって出てたよ」

「バシッ」、とビンタの音が響いて、「ウーッ」という子どもの泣き声がつづいて始まった。それは途切れ途切れで、それから長く音を引いた。

「泣くの、なんで泣くの。口を閉じなさい」。それは子どもの母のきつく荒々しい声だった。

「子どもを叩いてどうするんだ。まだちっちゃいのに」。それは乃王の兄の乃公が、小声で自分の妻（幼名を三妹《サンメイ》といった）を叱る声だった。そして、掌で子どもの赤くなった顔をさすって抱きよせた。

「あんたが甘いのよ。大人の話に、子どもが口を挟むなんてことがあるの」。三妹はこんどは夫を怒鳴りつけた。

乃公はすこし恐妻家だった。三妹は典型的な重慶の女で、きつくてやり手で、子どものしつけには厳しかった。しかし、口は刀のようでも心は豆腐で、よく子どもを叩いては、後ろを向いてボロボロ泣いていた。みんなの手前、かえって夜叉のような恐ろしい顔になっていたのだ。

「でも、毛《マオ》ちゃんの話は、おれはとても興味がある。毛ちゃん、おいで、つづけて話しておくれ。下の趙おじさんは、なんで銭告の物もらいを蹴ったりしたんだ」。乃王は毛ちゃんを手まねで呼んだ。

その頃、毛ちゃんは十歳にならなかったが、たくましく育ち、かなり賢かった。彼は、どうしたらいいか分からず、びくびくして母親を見た。三妹はまだ怒っていた。「叔父さんが呼んでるんだから、行きなさい。また言うことを聞かないの」。毛ちゃんは母親がそう言うのを聞くと、急いで父の懐から脱けでると、乃王の叔父さんのところへ走っていった。叔父さんの支持があるので、彼は涙を拭いて、その日のことを話しはじめた。「銭告の物もらいは、ひどくお腹がすいていて、綾錦を着たふたりの趙おじさんがやって来るのを見ると、お金を恵んでくれるよう頼んだんだ。下の趙おじさんは、銭告が汚いのをいやがって罵った。『この素寒貧の物もらいが、よりによって銭って苗字だなんてな。わしはぜったいおまえなんかに金はやらん。おまえが苗字を変えなけりゃな』。銭告は言ったんだ。『苗字は先祖のもので、変えられません』って。それで、下の趙おじさんはバカヤローっと言って、何回も蹴ったんだよ。それでも、上の趙おじさんが止めて、下のおじさんを連れてって、銭告にお金をやったんだ。そうだ、それに、肉まんをいくつか買って、銭にやったんだよ」

「毛ちゃん、上手に話した。叔父さんは褒めてやるよ」、乃王は毛ちゃんの頭をいとおしそうに撫でてから、みんなに言った。「人を見るには、細部を見なけりゃだめだ。毛ちゃんはえらい。孺子⑥も教うべきなりだ。この下の趙は弱い者をいじめるから、けっしていっしょに仕事をしてはいかん」

「上下の趙はいとこだが、ひとりを取って、もうひとりを取らないとすると、どうやって理由をこしらえるんだ」。家族のなかでは、心配してそう言う者もいた。

「おれによく考えさせてくれ。みんなもよく考えてな」。乃王はそれで休会とした。

乃王はひとりの子どもの話だけで、すべてを決めたはずがない。その下の趙の悪習は、多くの人が嫌っていたのだった。先代から質屋をして財を成したことを笠に着て、自貢に来るとえらぶって横暴になり、あちこちで面倒をひき起こしていた。乃王の内心には、この男とはけっして仕事をしてはいけないという考えがもともとあったのだ。

何日かすると、乃王は自らふたりの趙の宿を訪ね、上等の酒を贈り、何人かの土地の名士たちと食事をして、率直に上の趙と合作をしたいと話した。下の趙を断った理由は、規模が小さすぎるので、共倒れは避けたい、網は小さい方が、より魚が獲れるからというものだった。

下の趙は即座に怒った。むきになって乃王に喰ってかかった。「なんだって。オレの金がいらないってのは、少ないのか、汚いのがいやだってのか。言っておくが、おまえの家は自貢じゃ三流の塩業家だろう。オレは初めっから、おまえんとこなんかたぁ、やりたくなかったんだ。従兄がおまえのやり方が気に入って、色々オレに言うからよお、しようがなく承知したんだ。おまえの方が、かえってお高く止まって、えり好みなんかしやがって。よし、覚えておけよ」

彼は乃王の謝罪も聞かず、さっさと出ていった。

「あの弟は怒りっぽいから、乃王さん、気にしないでください」、上の趙は急いで謝った。「なんでもありません。悪いのはウチの力がなくて、大きな仕事ができないことです。これだけでも、私は祖先の家訓に背いた悪名を負うくらいなんですから」。乃王はハアーッとため息をついた。

上の趙はちゃんとした商売人で、一日二日の間に乃王と相談ずくで、投資、利潤の分配、損益の負担、責任の分担などをきちんと決めた。

現代のビジネスでは、商人を呼んで資本を集めるのはあまりに当たり前で、外からの投資はみな大歓迎だ。しかし、百年や二百年前で、外部の資金をうまく運用するというのは、たしかに祖先の一大進歩でもあった。というのは、それは「自分の金あればこそ、大事をなせる」という家訓を覆すことだったからだ。

しかし、上の趙を受けいれ、下の趙を拒むというやり方は、陰に陽に下の趙を敵に回すことになった。下の趙は資金を祖先よりさらに大きな塩業家族に投資し、どちらも大車輪で仕事に精を出した。

ある日、古い塩井の矢倉がなにもないのに倒れ、採塩工がふたりケガをした。塩井の仕事の責任者である乃公が詳しく調べると、矢倉の竹が知らぬ間にだれかに切られていたのを発見した。乃公は急いで医師を読んでケガをした職工の手当てをし、事件の前後の経緯を乃王に報告した。

乃王はケガをしたふたりの職工を見舞いにいった。ふたりとも経験の長い老職工で、間違いを犯したことはなかった。いま、ひとりは脛骨を折り、ひとりは竹で腕を貫かれていた。彼らは意識ははっきりしていて、幸い命に危険はなかった。

「若旦那、だれかが壊したんだと思いますよ」。脛骨を折った職工が言った。

乃王はケガをちゃんと治すようにと職工を慰め、すべての治療費と家族の養育費を工場が負担することにした。塩井に戻り、乃王はまた乃公と工場の責任者といっしょに詳しくこの事件を調査した。

塩づくりには複雑な工程があり、仕事上の分業だけでも四、五十種になる。たとえば、塩井だけでも、井戸掘り、井戸枠の固定と管理、釜と火の管理をする釜頭、塩を煎る煎塩匠。ニガリを送る管には筧匠、ニガリを運ぶのは担水匠など。各部門にはさらにそれぞれ総責任者、その補佐、帳簿の管理責任者、外部との連絡係などの管理職がいるし、部門に応じて班があり、各班にはそれぞれの職があって、管理体系はかなり整っていた。

ニガリを掘る矢倉には主要な支柱が四本あり、中間にはさらにそれに交錯している副支柱があって、すべてロープと針金できちんと縛ってあった。その四本の主要な支柱が、なんとみな切られた痕があり、中から外に向かって斜めに切られていた。平らに切ると、容易には身体を突き通せないが、斜めに切った竹の断面は槍先になり、まさにそれがひとりの職工の腕を貫いたのだ。まだ腕だからよかったものの、もし頭や顔だったら、結果は思うだに恐ろしい。

乃王はけっきょく役所に報告した。役所から人が来て、一つひとつ調べて質問したが、成果はなかった。

それは未解決の事件になった。

乃王はひそかに巡回を増やし、みなに警戒を高めるよう戒めた。

なにもなく三ヶ月が過ぎ、矢倉が切られたことを忘れかけたころ、べつの塩井のニガリを汲み上げる管とそれを送る管が、同時に人為的に壊されたが、そのときは死傷者は出なかった。自前で調べたが、やはり成果はなかった。

それがまだ落ちつかないのに、またある女が子どもをふたり連れ、祖母の家族が開いている塩屋に来て騒いだ。店の塩で作った塩湯を飲んだら、子どもたちが腹を下し、すでに衰弱していると言う。確かめると、その女はたしかに塩を買いにきたことがあるが、塩が子どもたちの腹を壊したという証拠はなかった。しかし、役所は証拠調べと民衆の安全のため、しばらく店舗を営業停止にした。飲食の安全はやはり先人も重視していたわけだが、一時はデマが広がり、祖母の先祖がやっていたその他の塩屋へもだれも買いに行かず、ひっそりとなった。

一連の問題は、先祖たちを心配でたまらなくさせた。とくにすべてを統括している乃王を紛糾のさなかに陥らせた。彼はその数ヶ月の怪事を仔細に振りかえり、以前は一度も起きたことがないのに、すべて下の趙を拒んでから起きたことにすでに気づいていた。彼はすぐに直感的に下の趙が陰で糸を引いていると思った。しかし、それは証拠がないので、上の趙に言うわけにはいかない。みだりに疑うのは、上の趙との合作を妨ることになるし、相手はやはり兄弟だから、腕はどうしても中に曲がることになるからだ。それに、開けっぴろげにほかの家族に言うわけにもいかなかった。話が漏れてうわさが広がり、やぶ蛇になりかねない。

乃王は自分の父、それに口の固いふたりのおじと相談して、ひそかに調査することに決めた。まず腹心の者をあの騒ぎを起こした女のところに送り、見張らせることにした。

町が小さいので、送りこまれた者は一週間その女の家の近くで日夜張りこみ、騒いだのは寡婦で、まさに下の趙のひそかな愛人であることをつきとめた。

乃王はそのことを上の趙に知らせ、彼によって内密に解決してもらうことに決めた。

もちろん、乃王はそれでも気前よく下の趙に厚いお礼を用意し、上の趙に次のように伝えてもらうことにした。彼の資金を受けいれて合作しなかったのは、ほんとうに工場の実力が足りず、暮らすのさえ容易ではないので、それぞれの前途によかれと思ってのことだった。これまでのことは、互いに追及しないことにしたいと。それに、下の趙は陝西の夫人の家が力があって、彼も妻には頭が上がらなかった。上の趙は彼をいさめて言った。「もうやめときなよ。その愛人のことが、もし奥さんの耳に入ったら、あんたがひどい目に会うよ。それに、乃王の商売に損が出たら、このあんたの兄が損をするのと同じなんだ。喜ぶのは、他人だろうよ」

東方の戦が止み、江蘇の塩がよみがえり、自貢の塩の販売地域はまた西南に戻った。上の趙は他の商人と同じく希望が見いだせなかったので、資金を引きあげて陝西に帰り、他の商売をした。しかし、彼は陝西の多くの塩屋で、ひきつづき祖母の先祖に協力した。

六つの塩井は、ただもっとも大きいものだけを動かし、その他の五つは死火山のように荒れ果てた。乃王も六十五歳のとき、家督の重責を兄の乃公の息子、智夫《チフ》に譲った。すなわち甥の毛ちゃんである。乃王の息子は、祖母の祖父の明夫《ミンフ》であるが、商売にはまったく興味がなく、私塾の教師になった。しかし、乃王は息子が本の山に埋もれていることをかえって喜んだ。

祖母の先祖には、すべて息子の名前は『道徳経』から選ばねばならぬという遺訓があった。それで、乃王が後の代の四人の息子と甥の名前に選んだのは、第三十三章からだった。「人を知る者は智、自ら知る者は明なり。人に勝つ者は力有り、自ら勝つ者は強し」という句から、それぞれ智夫、明夫、力夫、強夫と名づけた。

祖母の祖父の従兄にあたる智夫は、四十年間責任者となったが、自貢の塩業はあだ花さえも咲かず、死んだように寂れていた。幸いにも彼は頭が働き、役所が塩を買うのを止め、塩井の塩が在庫の山になると、彼は職工たちを転業させてアヒルを飼わせた。アヒルは卵を産むので、自家の井戸の塩でピータンを作って売り、肉は塩漬けにして売った。その塩漬け肉は、江蘇と浙江の親戚に教えを乞うてできあがったものだった。多角経営によって、智夫が預かった塩業は谷底の時期にかなりの発展を見た。

智夫は後に従弟の明夫の息子に家督を譲った。すなわち、祖母の父の以清である。その代の男の子の名は祖母の祖父、つまり明夫が名づけたもので、『道徳経』の第三十九章から取っている。「昔の一を得る者，天は一を得て以って清く，地は一を得て以って寧く，神は一を得て以って霊に、谷は一を得て以って盈ち，万物は一を得て以って生じ，侯王は一を得て以って天下の貞と為る」。明夫は以清、以寧、以霊の三人息子を生んだが、以寧を、娘だけで息子のいなかった従兄の智夫の後継ぎにした。以盈、以生、以貞は、下のふたりの弟の息子である。

祖母の父の以清《イチン》は、伯父の智夫の多角経営の理念を受けつぎ発展させた。アヒルの飼育とピータン工場、塩漬け肉を発展させると同時に、塩を使う漬物工場も作ったり、穀物倉庫を建てて貸しに出したりもした。いまで言う貸倉庫である。

彼が業を受けついで二十年近く、ついに自貢の塩業の二度目の春がやってきた。それは一九三七年、抗日戦争が勃発したとき、江蘇の海塩生産と運送ラインが日本軍の飛行機と大砲で寸断されたので、自貢の塩業がまた大任を担うことになったのだ。

以清の家族に対する貢献は、じつは塩業の谷底にあって多角経営をしたことと、二回目の高潮期の指揮が当を得ていたことにあるわけではない。急流で退き、機を見て撤退したことにあった。彼は『道徳経』を熟読し、「物は壮なればすなわち老ゆ。これを不道と謂う。不道は早く已む」という道理を深く知っていた。当時、家族の中には理解できない者が多く、面と向かって悪口も言ったりしたけれど、新中国が成立したあと、いくつかの塩業工場は公私合営にされた。しかも工場主は資本家とされて銃殺されたり、批判闘争で殺されてしまったりした。各地に分散して普通の生活を細々と送った私の先祖たちは、各自が心のなかで以清のやり方をよしとしたのだった。

以清は辺鄙な田舎で質素な暮らしをし、六十歳を過ぎると生臭ものを食べなかったので、とうとう何度も災厄から逃れることができた。彼は九十数歳で死去したが、その年は何人かの偉人も相次いで世を去った。祖母が言うには、彼はその年の暮れ、例になく酒を三杯飲むと、静かに満足して眠りの中で世を去ったのだった。

二千年以上の自貢における塩の採掘史において、祖母の家族のような塩業の家は牛の毛ほども多いだろう。ものの本によると、歴代の職工たちは自貢で一万三千以上の塩井を掘ったのだという。平均三〇〇〇メートルとすると、チョモランマを四百以上掘ったのと同じことになる。祖母の家族のような塩業の家族は、塩井を掘って塩を採掘すると同時に、じつは血脈に通じる通路も掘っている。私たち後の代は、その温かく塩からく甘い通路をたどって先祖たちの考えや心に入っていき、いつでも貴重な精神的な糧を手に入れることができるのだ。

訳注

① 自貢＝四川省中南部に位置する都市。古くから井塩による製塩が盛んで、「千年塩都」の別名がある。

② 八旗、緑営＝八旗とは、清朝期、朝廷にしたがって関内に入った臣下と服属した漢人らを関外にいたときに倣って八旗に分けた、その社会組織・軍事組織。緑営は、八旗以外に漢人を主体に編成した軍隊。

③ 都江堰＝四川省都江堰市西部の泯江にある古代の水利、灌漑施設。現在でも五、三〇〇平方キロの農地の灌漑に利用されている。紀元前三世紀、戦国時代の群守李冰によって原型となる堰が築かれた。

④ 北京条約＝一八六〇年、清朝と英仏連合軍、およびそれを仲介したロシアとの間で締結された条約。二年前に締結された天津条約を清朝が批准しなかったため、英仏連合軍が再び天津に上陸、北京を占領した結果、天津条約の批准を主な内容として結ばれた。

⑤ 顧命八大大臣＝一八六一年、死の直前に咸豊帝は御前大臣の親王載恒ら八名を「賛襄政務大臣」とし、皇太子再順を補佐せよとの意詔を残した。その八名の大臣を指す。しかし、その措置は西太后らの強い不満を惹きおこし、咸豊帝の死後数ヶ月で、西太后らの起こした辛酉政変によって彼らは排された。

⑥ 孺子＝子ども、童子。未熟な者をさげすんでもいう。

黄《ホアン》金《チン》明《ミン》

一九七四年生。原籍、広東省化州市。詩人、小説家、散文作家。長編小説に『河の流れを救え』、散文集に『少年史』、詩集に『時間と河流』などがある。第一回広東省小説賞、第一回広東省詩歌賞、第二回広東省散文賞などを受賞。

父との戦争

一　抑圧

三十年来、私の父との衝突は口喧嘩だけだった。それは言葉と言葉の戦い、口舌の嵐であって、めったに行動にまで及ぶことはなかった。中心にあったのは、考え方の相違、その争いとぶつかりあいだった。父は真理を握っていると思いこみ、私が言うことを聞かずにおこうものなら、ひどい厄介が、ひいては壊滅的な災難が降りかかってきた。あらゆる代償を惜しまず、しまいに私を怒らせ、一歩も退かなくさせた。争いの種の多くはつまらぬもので、どのみち、どうでもいいことだった。彼がまくしたてるやかましさ、巨岩の転がるような声を聞いていると、苛立《いらだ》ちと耐えがたさがつのるだけだった。耳のなかはチェーンソーが鳴り響くよう、ノドは腐った魚がどっと流れるようで、吐き気がノドにこみあげてきた。彼の考えは陳腐で奇妙で、反論する価値さえなく、デタラメだと思っていた。彼はきびしく私の行動を束縛した。あることは、絶対やらねばならないか、こうやってはいけなかった。あることは、やってはならないか、ああやってはいけなかった。

父は私をいっそ玄関前の大木にでも縛りつけておきたかったのだろう。私は囚人だった。ひとりで自由に振る舞えなかった。それというのも、みな彼が私を愛していたからだ。彼は子どもを育てるのは、ひどくむずかしいことだと考えていた。山に登ると蛇に噛まれる、川に入ると溺れる、木に登ると足を折る、子どもと遊ぶと石で頭を割られるかもしれない。いちばん安全なのが、つまりは家に籠っていることだったから、どこにも行けなかった。彼の考えは偏りすぎていて、いくつもの偶然を必然と見なした。私をうんざりさせたのは、その心配がほとんど当たることだった。彼の戒めはいつも事実に基づき、聞いていると、かえって呪いのようだった。それらの問題は、ついには父によって一つひとつ改善されるのだが、しかし、私に対する束縛はますます強くなっていった。たとえば、彼は私が長灘《チャンタン》に水遊びに行くのを許さなかった。長灘は鳳凰《フォンホアン》村《ツン》①の子どもの水上の楽園で、潜水、カラスガイ捕り、水かけ合戦など、その楽しみは尽きることがなかった。しかし、もし私が仲間と水遊びをしているのを見つけでもしたら、彼はかならずや鷹がヒヨコをさらうようにして連れもどした。午後から夜まで、水に溺れるかもしれない、水蛇に噛まれるかもしれない、川床にジュートを刺して作った柵で怪我するかもしれないなど、十いくつもの潜在的な危険をずらずら並べたて、耳にタコを作らせ、がまんできなくなっても、まだ終わらなかった。

父には無尽蔵の訳の分からない理由があり、私にこれをやったりあれをやったりするのを禁じた。私がいったいだれの気にさわったと言うのだろう。後になって、やっとわかったのだが、父があんなに色々気にしたのは、つまりは未知で、いわくありげなことを恐れたからだった。風の音にもおじけづき、草木の葉ずれにもびくびくした。彼は弓さえ見れば驚く小鳥であり、うっかり祟《たた》りある神に触るのを恐れていたのだ。毎度のことだが、私が屈服しておしまいになった。反抗したり泣き叫ばなかったわけではないが、しょせん腕は足にかなわない。子どもがどうやって大人と闘うというのか。齢《とし》を重ねるにつれ、私は彼の視点からものごとを見ようとはしたが、やはりあの多くの束縛と禁止は理解しがたかった。彼が私を愛し、私の行く末と運命を心配したのは分かる。しかし、あんなに多くの訳の分からないこととそれを結びつけるのは、むずかしかった。私はそれでも父に合わせようと努めはした。あるとき、父と言い争いになって互いに譲らないでいると、彼は頭を抱えて地面にうずくまった。絶望と悲しみの表情を浮かべ、いまにも天が落ちてきそうな様子だった。私はその様子にうんざりしたものだった。

幼いとき、私は友だちから児童向けの『白骨の精』をもらった。表紙は、孫悟空と猪八戒と沙悟浄が妖怪の洞穴に押入り、白骨の精と多くの妖怪を退治する場を描いたものだった。本の中の妖怪や化け物は、ほんとうに活きているようだった。夏の雨が降りだしても、私が家の前に坐ってそれを楽しんでいると、父が不意にそれをひったくって、脇の竹藪に投げすてた。私がタモ網でその藪を掻きまわして引っぱりだしたときには、それはもう濡れてグチャグチャになっていた。「なんでぼくの本を捨てたの」、私は訊いた。父によると、本には妖怪がいるから邪悪だ、それを家に入れてはいけない、祟らないようにしたのだと言う。私は即座に濡れた泥だらけの地面に転がって、大声で泣きわめいた。子どもが相手を困らせる必殺技だ。父は私が雨に濡れて病気になるのを恐れたので、一冊買ってやるからと無理して言い、私はそれでようやく止めにした。彼は石湾墟《シーワンシェイ》の本屋から『平原の銃声』を一冊買ってきてくれた。私は革命の話を好きでも嫌いでもなかったが、その絵が下手くそだったので、パラパラめくるとベッドの足元に放りこんだ。小学校に入ると、私は「美術」の教科書に例の表紙絵があるのを見つけた。表題は忘れたが、趙宏本、銭笑呆の手になるもののようだった。至宝を手に入れでもしたように、それを父に見せた。これは教材だよ、また捨てなきゃいけないのと言うと、父は黙っていた。

村の人とレイシの果樹園を巡って争ったとき、父との衝突は激しかった。当時、鳳凰村は上の号令一下、レイシを植えるのが盛んだった。似将村《ニーチャンツン》の丘陵のたとえば馬園、馬自山などが果樹園として拓かれた。父は情勢がわからず、消極的で、植穴を掘りにもいかなかった。つまらぬ思いつきだと決めつけていた。上の言うことなんて、信じられるか。バカを見たのは一度じゃないぞ。彼はいつもこう言った、人が行けと言うなら、オレは坐るし、人が坐れと言うなら、オレは行くんだ。私と二番目の妹は、クワを担いで、馬園山へレイシの植穴を掘りにいった。慣例に従って、山頂から麓まで直線を引いて境界にし、二軒分の果樹園が分けてあった。隣の土地の主はがっしりした男で、彼はわざと境界を曲げ、私たちのレイシの植穴十個分を横取りしようとした。父は「まあ、いいじゃないか」と言った。「ぜったいだめだ」と私は言った。父はたびたび人にいびられ、畑を横取りされても、何度も譲ってきた。私は十五歳になっていて、人の喰い物にされるのはごめんだった。二番目の妹も黙ってはいない性質で、口が達者だった。傍の者はどっと笑って言った。「おまえらの親父は、役立たずだ。きょうだい二人で、ヤツを池に放りこむがいいや」

妹はクワを持って件の土地へ穴を掘りにいった。そいつはクワの柄をひったくると、真っぷたつに折った。妹は頭から彼に突っこんでいった。そいつがちょっと推すと、妹はボールのように斜面を転げ落ち、川にはまった。彼女は手を挙げ、ガチョウが羽をバタつかせるようにした。その泣き声は、ガラスのかけらが気流を引き裂いているかのようだった。私はまなじりを決してクワを持ち、突撃しようとした。と、知らせを聞いた父が駆けつけ、クワを引ったくるや怒鳴った。「帰れ、こんな穴なんか、どうでもいい」。私は手足が冷たくなり、顔が熱くなった。斜面を駆けおり、懸命に走った。耳元で風がヒューヒュー鳴るのが聞こえた。私は大きな鳥が何も見えずに悲しんで飛んでいるかのようで、想像の中では、雲とこの世界を越えていた。この村を憎んだ、村の連中を憎んだ、でも、一番憎いのは父だった。小橋を越え、門口田と江竹田を越え、石灰の窯場と竹箕山を登り、聖山と思っていた火嶂へ走っていった。

私は火嶂で隠れてしまえばいい、誰にも見つけられないようにしようと思った。馬自山まで走りついたとき、空っぽの米袋のように路端にへたりこんだ。後から父の慌てた呼び声が聞こえてきた。私は路の脇の林にもぐりこみ、大の字になって草の上に倒れた。傷ついた獣が傷口と皮をなめているようだった。すぐに慌ただしい足音が響いてきた。私は声を立てず、手足を伸ばしたまま、世界の終わりまで倒れていようと思った。父は火嶂へ走っていった。私はもう体力がなくなっていたから、隠れている時間を延ばさねばならなかった。そうしないと、とても火嶂へたどり着けそうもなかった。

私はあのクソ果樹園を忘れることに決めた。仇と父と、すべてを忘れることに決めた。私は馬自山の山頂の真っ暗な空、草木、鳥、虫けらどもと仲間になった。私は眠った。切れぎれの訳のわからない怖い夢を見た。私は根こそぎにされた木のように、あちこち追いまくられた。別な夢では、私は巨岩のように山頂から転げ落ち、また懸命に山頂まで登った。山頂にたどり着くや、また見えない手に押されて墜落するのだった。無限に広く、波の湧き立つ真っ暗な海で、私は空船に乗り、ひとりきりで、食べ物も水もなかった。船倉の外は一面の闇夜のようなうねる暗い波で、波の響きはまるで闇に潜む獣の鼻息のようだった。荒野に狭い小屋があって、ドアも窓も、光もなかった。私はどうやってその中に入ったのか分からない。外には乱れた足音がしたが、だれも見えなかった。叫んでも、だれも答えなかった。出たかったけれど、出口がない。暗い小屋に身を置いている恐怖が目を覚まさせた。空は漆黒の闇だった。月がなく、はるけく暗い天空にはひと塊りずつ星々がきらめき、ピエロのおどけた顔を描いていた。その図案は私にトランプのジョーカーを連想させ、ますます怖くなった。ミミズクの鳴き声が夜の峰に不気味さを加え、近くの草の葉がザァーザァー音を立てて、大蛇が這っているようだった。

星空の下の小径はかろうじて見分けがついた。家に帰りつくと、母が夕飯を作りおえていて、弟たちが唾を飲んで食べるのを待っていた。私は母がぶつくさ言うのにかまわず部屋に入り、ベッドに倒れこんだ。真夜中まで眠ると、父が丼に入れたご飯を抱え、ベッドのそばで見守っていた。「食べな」と言った。丼を受けとった刹那、涙が頬を伝いおちた。

二　抵抗

父は私の考えと行動はほとんどが誤りだと思い、どんな代価も惜しまず、私を脇道から正道へ連れもどそうとした。たしかに、私の運命の岐路で父は何度か彼が正しいことを証明した。

私は中学を卒業したあと、蒿城《ハオチョン》市の師範学校に合格した。いつも不安でいっぱいで、心は火薬のよう、体には薬莢が詰まっているかのようだった。ブスッとして閉鎖的で、人間そのものが黙せる銃弾のようだった。いま考えると、その焦りは父の私に対するひそかな期待に由来したのかもしれない。彼は私が勉強によって前途を拓くのを期待した。それは、農家の子弟が出世の糸口をつかむ唯一の道でもある。彼はそれによって祖先の栄光を取り戻すことをこいねがった。私の曽祖父の曽祖父、如拭公は清朝の役人で、化州（広州のこと）で下級官吏を勤め、糧秣の徴収と貯蔵を担当した。曽祖父は村の教師だった。先祖の残した何軒かの家と田畑の恵みは祖父を潤した。二番目の伯父は、六〇年代の石湾郷で指折って数えられるほどの大学生になり、北京で役人になった。しかし、私が村の中学から大学に上がるのは、なんと困難だったことだろう。それが私の鬱屈の根だったのだろうか。すくなくとも、それが少年期の影の一部だったことはまちがいがない。

八月のある夕方、私はチンゲンサイを炒めていて、台所は湯気でいっぱいだった。カマドの上に石油ランプを点し、焚き口は赤々と燃えさかっていた。その日は停電していたが、梁の上の五ワットの電球は油まみれ、チャコールグレーの蜂の巣のようだった。少年がふたり、自転車を推して家の前にきて、私に一通の封書を渡した。なんと、私は師範学校の美術専攻クラスに受かったのだった。しかし、その九百元の学費に、父は手も足も出なかった。そんな大金は見たこともなかったのだから。彼は家の食糧を金に換え、四方八方から金を借りた。二番目の伯父から二百元借り、後の百元は蒿城の親戚から借りることにして、なんとか工面した。しかし、あに計らんや、父が私を蒿城に連れていくと、その親戚は美術なんてやっても役に立たない、止めなさいと、言った。父は、あんたは承知したじゃないか、百元貸してくれないかと言った。貸さない、そんな学校に上げたって、子どもを誤らせるだけだと親戚は言った。翌日、父は村へ帰って耳を揃えて九百元を借り、学校にまい戻ってきた。しかし、私の合格分はすでに補欠の生徒に替えられたあとだった。父はその場で卒倒しそうになった。校長は眼鏡をかけた中年男で、まあ、来年また受けなさいと言った。私はグッタリした父を支え、校門に大書された金文字を睨みつけながら、その校名をしっかりと記憶した。

父は家に帰ると、しばらく寝こんでしまった。私も気持ちの遣り場に困った。私はヤマショウガの株で作った手製の「毛筆」で、短冊状に長く切った白紙に「天の我が材を生ずるや必ず用有り」などとなぐり書きをした。手植えのセンダンの木にそれを掛けると、旗が風に揺れるようにヒラヒラと舞った。私は木の幹に小さなナイフで、「出郷こそ最大の勝利」と葉賽寧の詩句を刻んだ。そして、林の中でぼんやりして、黙りこくっていたが、あとで妹たちは地面が一箇所濡れているのを見つけた。二十年以上経って、私は判別できなくなったその字の跡をさすったが、まるであの秋の日に戻ったような気がした。あの日、私は少年期に別れを告げる儀式を終えたのだ。

私には、職業高校に入るチャンスがあった。先生が勧めてくれたのだ。学校ではこの六、七年、だれも高校に受かっていない。もし普通高校がむずかしいようなら、職業高校に行かないか。そこはクラスに六人ずつ大学に推薦される枠があるから、それもひとつの道なんだと。それで、三江職業高校から合格通知書が届いた。父は私が職業高校に行くのは反対で、おまえが大学に行けなかったら、それになんの意味があるのかと言った。彼は通知書をビリビリと引きさいた。私は体を震わせた、「もう生きてなんかいられない」

私はクワで家の脇のマンゴーの木の下に穴を掘った。じゅうぶん広く深く掘って、生きたまま埋もれてしまおうと思っていた。父はまだ滔々と弁じたてていた。私が行く先々についてきた。私が穴を掘っていると、穴の縁に立ち、別な角度から異なった方式で自分は正しいと説得しようとした。私はそれが耳に入らなかった。頭には、私が穴に埋まっても、彼が長広舌を振るっている情景が浮かんでいた。さらに力を入れて穴を掘った。父は口角に泡を飛ばした。「おまえ、よく考えてみろ、職業高校で勉強すんのは、農業技術だ、豚飼いに牛飼いだ。そんなの、どこがいい。学費を払わなくたって、覚えられるさ。卒業したってどうせ畑をやるんだ。仕事はないし、大学も受けられない。大学の枠ってもんだって、力とコネのある奴に取られっちまう。おまえになんか回ってくるもんか。おまえな、世間は闇なんだよ。自分で受けたって、受かりっこない。農業ばっかり勉強してちゃ、大学に受かるわけがない……」

私は相手にしなかった。懸命に穴を掘った。穴の底に横になり、父がそれでもなにを言うか聞きたかった。私は十六になっていた。あの夏、私はバイクに乗り、官橋鎮まで行って身分証②を受けとっていた。ずっと父に首根っこを押さえられ、息も継げなかったから、今日こそ徹底的にやりたかった。

　とつぜんクワの先がカチッと音を立て、なにか硬い物に当たったようだった。私は喜びがこみ上げてきた。去年、広延《コアンイェン》が紫薇坂で銀貨を一甕掘りあてたという噂が、宝物を掘りあてようという風潮をひき起こしていた。思いもよらぬ金が手に入るかもしれない。私は注意深く掘って、ちいさな壺を掘りだした。が、それはよく知っていたものだった。数年前、私が自分で埋めたのだから。「宝物を埋める」のは、鳳凰村の子どものよくやっていた遊びで、大好きな物を地下に埋め、何年かしたら、また掘りだすのだ。そのとき、私はぼんやりしてしまい。すぐには何が入っているのか思いだせなかった。失望と好奇のないまざった気持ちで蓋を開けた。それは正方形のセッケンほどの大きさで、ゴムの箱型の三つの面にガラスがはまり、一面にはなかったが、それがどんな機器のレンズかわからなかった。それは小学生のとき、遠くの親戚からもらったものので、そのレンズで空を覗くと、無限の広い世界が見えるようだった。雲や青空、はるかな天空がレンズの中で、多様で言い表しがたい神秘を現出した。私はいつもそれで天空を仰ぎ見ることにふけっていた。畑や野原、村、山で覗いた。庭で、あるいは土壁の家の木枠の窓から仰ぎ見た。それを通して見たものは、はるかで広い世界、より高く、深く、広々と、はっきりとして、夢幻性と虚構性を備えた超現実的な空間だった。私はそれがどんな機器だったのか知らない。望遠鏡に似ているが、けっしてそうではなかった。私が見た天空には限界がなく、無限、あるいはもうひとつの天空に触れているみたいだった。それは現実とは異なった別な世界だったのだ。私はそれを持ちあげ、それを通して天空をふり仰いでみると、空はもっと神秘で澄明な姿を目の前にくり広げていた。それは驚くべき時間だった。私の怒りは穴を開けた水甕の水のように見る見る抜けていった。私は足元の自分の掘った長方形の穴を見ながら、すべてはひどくでたらめで滑稽だと思った。穴を埋めもどそう。私は父のひき裂いた通知書を穴に埋めることで、別な宝物を埋める遊びにふけったのだった。

私は父の計画に同意はできなかったが、二度と抵抗はしなかった。父の段取りを受けいれ、捲土重来、石湾中学にもどって受験勉強をした。

田舎の少年の運命は、基本的には決められている。それは、すなわち田舎で畑仕事をすることにほかならない。改革開放のあと、もうひとつ現れた可能性は、珠江デルタ地帯で力仕事をすることだけだった。田舎の子どもが都市で暮らす道はほとんどふさがれていた。学校に上がることで抜け道を見いだすのは、とてつもなく難しかった。ほとんどの同級生は残酷な運命の塹壕の前で、バタバタと倒れ、永遠に戻らなかった。もしかしたら、私一身にすべての田舎のきょうだいの痛みが集まり、その重荷に耐えられなかったのだろうか。しかし、自分をひどく崇高なものに想像してしまったようだ。私が過酷な運命の網から逃れた魚になれたのは、まったくの偶然に属する。絶えず困難を克服しなければならぬ道で、私はいつでも倒れるか、壊れるかしたはずだった。田舎の学生の基礎学力はひどく劣り、どんな試験にも通らないように予め決まっていた。彼らの運命は巨大な悲劇と不公平に彩られ、それは私たちの父や祖先、中国の田舎の最下層の農民が代々受けついできたものだった。

村の中学で夢を抱く少年は、遅かれ早かれ撃ち倒されることになる。それはどうしようもないことだった。中学校は金魚鉢にすぎず、彼らはその形のない透明なガラス鉢を越えることができない。それが限界であり、宿命なのだ。私は山の斜面の下の養殖池を思いだす。それらの池の魚は、大きくなると掬われ、ついには煮たり炒められたりして食卓に運ばれる。魚たちは愉しげに泳いでいるが、たった堤防ひとつ隔てて、石湾河《シーワンホー》があるのを知らない。その河の流れは、下流で広東西部の最大の河である鑑江《チエンチアン》に合流して海に流れこむ。洪水が氾濫したときだけ水が堤防を越えて溢れるので、ようやくさらばとばかり逃げて自由を手に入れるのだ。私はまさにそのような魚だった。

後に、私はある大学に合格した。父は家の雌鶏をつぶしてお祝いをし、一家が腹いっぱい食べたものだったが、その喜びのなかで私はずっと気がふさいでいた。私の学費と生活費が膨大なものだったからだ。父は涙ぐみながら、自分の決定を話した。私の大学の費用を捻出するために、家族はみな犠牲を払わねばならない、父は自分の身を削ってでも私を卒業させたいのだと。二番目の妹は中学を卒業した後、海南島へ働きに行った。三番目の妹は退学して子守りになるとき、小学校もまだ終わっていなかった。両親は私を卒業させるために、慣れてお手のものだが収入の低い畑仕事をやめ、一家を挙げて町の郊外に移り住んだ。両親が小商いや肉体労働、クズ集めなど雑多な生業を営んでいたとき、五番目の弟は郊外の小学校の一年生、四番目の弟はようやく小学校を終えようとしていた。ふたりの妹は学業を放棄した。それは一九九四年のことだった。彼女たちが学校へ戻ったのは、それから何年もしてからのことである。

私の父に対する反抗はいつも敗北に終わったが、大きくなるにつれ、しだいにしっかりしたものになり、頽勢を挽回していった。一九九四年、かつてなかった熾烈な戦争が勃発した。私の大学入試の点数は本科生のレベルをやや超えていたが、九月近くになって他の人は専攻の通知もみな受け取ったのに、私にはなんの知らせもなかった。クラス担任は私が落ちたのではと遠回しに言った。読者諸君は、コネを使ったことはないだろうか。その頃は、なんでもかんでもコネがなくてはならなかった。

「オレが教育局へいって、はっきりさせてくる。オレは信じない、まさか、法ってもんがないのか。受かっても、他人に持ってかれるなんてことがあるのか。今年、オマエが大学に上がれなかったら、クワで教育局の看板をぶっ壊してやらんでおくもんか」。父は歯を喰いしばって言った。それはウサギかヒツジ式の啖呵で、その類の草食動物は、虎や狼がのさばるのを憤りながら、忍びがたきを忍び、へり下っておどおどする。私は辟易してイライラしながら、つらさもこみ上げてきた。この村中の女や子どもにまでバカにされる腰抜けが、あろうことか、キレタのだ。

どうしても行く、正義を手にしなけりゃ、看板をひっぺがす、父は叫んだ。私は彼をかまうのが面倒だったので、彼が家を出るや、後からすぐにこっそり抜けでた。彼は車に酔うので、四時間以上町まで歩かざるをえないが、私は三元払っただけで、半時間で着いた。私は同級生と丸一日遊んだ。羅江で魚釣りをして、悩みごとをサッパリと忘れた。暗くなる前に村に戻ったが、父は私よりまだ遅かった。父は言った。「教育局には情報がなかったよ。あの看板は、しばらく門の上に預けておくことにした。どうせ九月までには、まだ七、八日あるからな。オレたちは、坐して死を待つわけにはいかん。何か考えて、手を打たなきゃ。つまり、頼れる人に頼んで、上でやってもらうってことだ。町にできる人がいて、上に通じてるんだ。オレが小半時、泣いて話すのを聞くと、オマエが文章がうまいって証拠があれば、特別に広東西部の大学に入れてくれると言うんだよ。電話代と交通費だけもらえば、あとは一円もいらないんだとさ」。父はそれを話す前にちょっと占いをやり、私は遠くに行くのがよく、しかも望みがあると言っていた。

私は跳びあがるほど驚いた。月の光で、玄関の外に見知らぬ男がいたのがやっと分かったからだ。その男は猿みたいにやせこけ、目鼻立ちは月の光で霞んでいて、幽霊のようだった。彼こそ、金を払ってようやくお目にかかれた大人物ということだった。その男は延々と話をしたが、カギになる数字が雷鳴のように私の耳のなかで炸裂した——一千元払わねばならないのだ。私はすぐに反対した。父は部屋に走りこんでやみくもに探し回り、ベッドの下や、タンスや壁の裂け目にあった札束をすべて出してきたが、全部足しても五百元だった。三日以内に残りの金を工面して届けることで、男は承知した。私はその金の重さをよく知っていた。それは手にできる厚いタコ、血と汗、それに量りしれない意志の力を意味していた。私は胸を刺されるようだった。いっそそいつに躍りかかり、一発お見舞いしたくてたまらなかった。その男は金を受けとると、サッサと帰った。

母の顔も蒼黒くなった。私は怒りを爆発させた。「あの男は、ぼくを大学に入れる力なんてあるの。そうだとしても、ぼくは行かない。メンツ丸つぶれじゃないか」。父はがまんしながら言った。「詐欺師だとしても、金をつかませなきゃならん。あの人がたったひとつの掴めるワラなんだから。金は稼ぐもんだ。あとでまた稼げばいい。オマエは荷を負えないし、力がない。畑なんてできないだろ。オレは、夢にもオマエが大学に行くのを見るんだ。オジサンはオレが貧乏なくせに、大学、大学ってばかり言うのを笑ってる。村で何人大学に行ったんだ、ろくでなし、ガマが白鳥を喰いたいんかなんて言ってな。大学に行くのは、ドン百姓の狂った夢なんかい。オマエは、なんで大学へ行かないんだ。一家のだれもが行けるってのか……」

私は父にくり返し苛まれ、おかしくなりそうだった。彼はたえず私のベッドの枕元にいるか、あるいは私について回った。用を足しに行くときも一歩も離れず、あのお金を使わねばならない理由を話した。役に立たなくても気が休まるし、けっきょくのところ、力を尽くしたのだからと。「ぼくは忘れたよ、考えたくもない」と私は言った。父はくり返しまき返し話し、自分の理を説いたが、私にどう思うかなどとは、まったく聞かなかった。彼は独り言をいい、反駁し、呪い罵りはしたが、けっして私と交流したわけではない。私は言い争う気持ちを失った。彼は私が耳を覆い、ベッドに入って蒲団で頭を覆っても、気に留めもしなかった。私はすっかりいやになって母に訊ねた。「父さん、ほんとに狂っちゃったの」。母は悲しそうな顔で答えた、「あの人が、いつ狂ってない日があったの」

父は無数の化身でも持っているように四方八方から私を包囲し、話の爆弾を狂ったように投げつけた。彼は発話性強迫障害の患者のように、滔々と絶え間なく五、六時間も話し、一口も水を飲まなかった。話せば話すほど大声になり、私が紙で耳を塞ごうが、布団で頭を覆おうが、それでも釣鐘の中に閉じこめられたようで、彼の声はだれかが鐘を突いているように私の鼓膜、心を震わせた。私は夜中、夢から覚めると、彼が枕元の暗がりに坐っているのを見つけた。まるで夢遊病者が寝言を言っているようで、憂いに満ち、声は悲しげでくぐもっていた。彼はずっと離れもせず、黙りもしなかったのだ。何を言っているのかとなると、一言も耳には入ってこなかった。私は彼に懇願し、叫んだ。こんなんだと、もう、狂っちゃうよ。

父はほんとうに狂ってしまいそうだった。私はますます心配になり、彼を刺激すべきではなかったと後悔した。それはともかく、どこも新入生として迎えてくれないのは私の問題ではないし、「大人物」にも頼んでいたのに、広東西部の大学の合格通知も届かなかった。私は北京の伯父に電話した。「父さんの頭は、どこか問題があるんですか」。「あいつがどうしたって。六つで、もうそうだったんだ。この一生、あの口でぜんぶ台なしにしちまうんだよ」、伯父は言った。私はあのときほど苦しめられたことはなかったし、あれほど深く父の愛を感じたこともなかった。すばらしく、汚く、悲しく、ついには残虐で冷酷でもあり、まるで炎と氷が混じりあっているかのようだった。私は父を落ちつかせようとしたが、だめだった。私はきちんと再受験の準備をし、来年はかならず重点大学に合格すると保証した。映画の勇敢な抗米援朝の志願兵から影響されて、私は包丁で指を切り、血書を書いた。それは父を黙らせた。彼は私の流れる血を見て玄関戸の敷居にへたりこみ、頭を抱えてすすり泣いた。

その年、私は特別入学は許されなかったが、じつはとっくに広州のある大学に合格していた。私が合格通知を遅れて受けとったのは、ある同級生が家に持ってかえり、十何日もしてやっと私に渡したからだった。

私は大学生のとき、毎年、冬と夏休みには家に帰ったが、けっして父と争わないよう自分を戒めた。しかし、いつも顔を真っ赤にしては言い争った。家を離れるとき、「深い谷」を渡り、門星嶺の小径を登り、山道の石を踏みしめ、道端の野草の花と木を眺めると、またもや鼻がつまりそうになるほど後悔するのだった。次は過ちを犯さないと固く誓うのだが、いつも同じ轍を踏んでしまう。私と父の衝突は、離ればなれにならないかぎり、永遠に終わらないかのようだった。私はショーペンハウエルが「社交」のことをハリネズミたちが暖を取ることに喩え、適当な距離を保たねばならぬと述べたことを思い起こす。それは父と子の関係にも当てはまるだろう。

卒業した後、私は省都で仕事をし、毎年家に帰って何日か過ごすことにしている。父はあいかわらず、とてつもなくおしゃべりでおせっかいだ。煩わしいが、私は泣くに泣けず、笑うに笑えない。私は四十近くになるが、父は私をまだ子ども扱いしている。耳許の風と聞き流せばいいのだろう。彼は六歳で父を亡くしたため、子としての経験に乏しく、めったに子どもの角度から問題を見ることがないせいだろうか。日増しに衰え、すっかり白髪頭になってしまった。山を移し海を埋め、荒れ地を拓いた壮漢も、八階の家に上がるのさえ、いまでは気息奄々としている。

三　根源

父は私を愛したけれど、それがかえって私を苦しめた。彼はどんな人間だったのだろう。若い頃のことは多くは分からない。しかし、父は誠実で正直で、裏表のない人だ。いつもすべてをさらけ出したいと思っている。他人の顔色をうかがったことはなく、空気も読まず、まったく「開けっ広げ」だ。これっぽっちも悪意がなく、誠意があってこだわりもないが、人望があったためしがない。話の中身はいつわりなく善意があり、同じような文句が速射砲のように放たれ、まるで狭い谷から放たれた縞模様の猛獣の群れのようだ。できることなら、心臓だって引きずりだして見せたいにちがいない。話は驚くべき速さで増え、広がり積みあがり、言葉は飛ぶように速く、やや乱れ、声は響きがあるが曖昧だ。しかし、内容はまったく新味に欠け、ときにとりとめがない。ときにはズバリと来るが、ときに回りくどく、ときに天馬空を行くように天にも地にも着かず、でたらめで奇妙だ。父はこの世でもっとも取るに足りない雄弁家の列に連なっている。話の量が無限大にまで膨らんだとき、もうだれも彼の誠意と善意など覚えておらず、ブンブンいうハエの群れに対しているかのようだ。飽き飽きして心乱れ、頭痛と耳鳴りがし、家族であっても土石流のようなその話は遮られない。

　村の人は、父が正直な人間だとみな認めていた。私の鳳凰村で二十年暮らした経験によれば、ジャングルの法則を崇拝する小世界であるだけに、その言葉の真実性は疑えない。しかし、それは罵り言葉に等しく、腰抜けか意気地なしの代名詞だった。母は、あの人はいい人だけど、可愛げがないのよと言っていた。彼の道徳的な行いは、けっして聖者より少ないことはないが、人にはごろつきよりも嫌がられていた。父の平素の行いは、亀が頭をすくめる哲学の信奉と、私を管理することに由来していたことに、私は数年前に気がついた。すなわち、生活が揺らぎ不安定で弱肉強食だった時代に、すこしのことに怯え、草木がみな敵兵に見えるような心理を養ったのだ。父は世界に対して、疑いと怖れに満ちた人で、大人になれない子どもだった。そして、それに向きあう一連のやり方を編みだした――つまり、いざこざをいっさい起こさず、一生頭角を現さないという方法だ。頭上三尺に神がいることを信じ、後ろめたいことをせず、よく食べ、よく眠り、「人がいじめても取りあわない」ようにしていた。私が弟や妹のために人と争うたびに、きまって彼は謝ったり金や物を贈ったりした。

父は十数歳で、他所の力仕事の手伝いをしたり、麦刈りや、木の伐採や、煉瓦を焼いたりした。工賃はごく安かったが、三食食べられれば、それでよかった。遠慮深く、たとえば粥はお湯しかすくって食べなかった。それは鏡のようで、顔さえ映りそうだった。そうやれば、人さまがまた雇ってくれるからと父は言う。やたらに飲み食いする人だって、同じく仕事にこと欠くことはないだろうに。それに、父は連想の大家だった。ひとつの点を巡って九層の天、側面、反面、ないしは底まで考え、同じものごとから相似、相対、あるいは反対のことを連想する。一本の枯れ枝から森を、一本の包丁から流血事件を思いつく。それも、消極性と否定的な意味から思いおよび、きまって事件の発展的な災難や恐ろしい意外性を思いついた。ありもしない穴を塞ごうとし、それであれこれと心配し、落ちつけず、安らぎを得られなかった。やることは無気力で、態度は謙虚、カタツムリが殻の中に縮こまっているようで、ちょっと風が吹けば、すぐに頭を引っこめた。小心翼々、戦々恐々、他人の注意を引いて、この美しく凶暴な世界の怒りをひき起こすのを恐れた。彼の世界はカラスガイのように閉ざされ、沈黙し、攻撃性がなく、防御する力もなかった。口を滑らせて弱みをさらそうものなら、他人はシギやツルのように、その柔らかなカラスガイの肉を見て、突っつきたくなる。そうしなければ、もったいないというもの。だから、だれも彼を尊重しなかったし、伯父でさえ軽蔑していた。

父は甘い汁を吸ったことがない。年越しや私が化州の大学から帰ると、いつも豚肉をひと塊り買ってきてくれたが、年末になると、その勘定書きの額を見てはため息をつくのだった。私は肉を箸で挟むたびに、涙がにじんで呑みこめなくなった。「勉強はたいへんだ、精をつけなきゃ」と父は言った。あるとき、肉屋が父に六元余計におつりをくれたが、彼は夕方になってそれが分かり、ご飯も食べられなくなると、すぐにランプを持って五キロ近い道を返しにいった。「直接返さなきゃだめなの、今度会ったときか、人に頼むかすれば。直接返すとしても、明日でいいし、今日返すのでも、食べてからにしたら」、私は言った。彼は深夜になってやっと戻ってきて、「寝ちゃってたよ」と言った。

弟妹四人が次々とこの世に生まれ、一ムー余りの土地では、できる穀物は国に渡す分を除くと足りず、食事はいつもカツカツだった。父は重労働を一手に引き受け、母にさせようとはしなかった。母さんは力がないから、クワは持てないと父は言った。母はその頃スラッとした体つきで、顔はすっきりして貧家のお嬢さんといった風だった。肌がズズ黒く、手足の野太いあの農婦たちとははるかにちがっていた。子どものとき、母に連れられ、その友だちを農場に訪ねていったことがある。夏の午後、そよ風が吹き、バナナの大きな葉やパパイヤが累々と実っている下で、日の光が母の顔や体に小魚のようにキラキラとはじけていた。母の笑顔は美しく、若い農婦の健やかさと力があふれていた。しかし、何年も経って、また母と土地の廟へお参りにいき、河の渡し場に着いたとき、水にそのやつれた顔と曲がった背中が映しだされた。私はそれをしみじみと見た。顔を上げると、真っ白になった髪が目に入り、それは秋風に吹き乱れるアシの穂のようだった。私ははっとして心が震えた。河の水は流れさり、ものを留めえない。たとえば、昨夜の星の光や枝に咲いた花のように……。私は大人になり、母はしだいに老いていく。後に、生活のために、母は畑仕事ばかりか、外へ稼ぎに出て、家の経済的な柱になった。父は母が稼ぎにいくのは愉快ではなかったが、どうしようもなかった。母は太り、シワだらけになった。ただ笑ったときだけ、口の角の様子があの夏の日の面影をわずかに留めていた。髪はかえって墨のように黒々していたが、「ちょっと染めなきゃ、仕事なんか見つからないわ」と母は言った。あの頃、その仕事というのは、小さな工場で手袋を縫ったり、賄いをしたりするもので、毎月二、三百元を家計の足しにしていたのだ。

父は経済的な面では、頭が働かなかった。ささいな商売をしたことがあり、農閑期に竹の団扇やザルなどの類を作っては、石湾墟に売りにいった。十数種もの田舎の普段使いの器具を彼は編むことができたのだ。たとえば、ミノ、カゴ、笠などだが、しかし手仕事が雑で、客の足を止めることはできなかった。それは父の生涯の人となりと仕事の縮図だった。もろもろの学術をちょっとかじり、手わざもすべてこなすが、その皮相しかわからなかった。彼が首を突っこんだ領域は、大工、瓦葺き、煉瓦、竹製品、発明、漢方、占い、風水等など二、三十種を下らない。漁が名手と言えるほかは、漢方にいささか心得があったが、あとは言うほどのことはない。使い古された言葉だと、要するに、器用貧乏だったのだ。

何年間か、父は『周易』、『推背図』、『麻衣相法』に凝り、苦心して風水や占い、予言の類を研究した。一再ならず自分と伯父を較べ、自分はあくせく働く運命で、一生大もうけはできないが、伯父はほんとうに相がよくて、それで大学に入って高官になれたのだと言った。彼はまた歴史上の偉大な人物や名将、各領域の指導者の運を占い、一人として的中しない者はないのが分かると、自分にほとほと感心していた。村の人はだれも相手にしないので、人の家の豚小屋へ行っては、豚が何月何日に屠畜場に送られてつぶされるかと、予測しては喜んでいた。算命術を研究するため、一冊の万年暦をバラバラになるまでひっくり返し、あげくに公式を編みだしたぞと宣言した。ある人が何月何日に生まれたかさえ分かれば、一瞬のうちにその人に関わるすべての干支がわかる。他の人は長時間かかって計算するのに、パットできるのだと言った。そして、ついに自分の頭を万年暦のようにしてしまい、紙の暦を捨ててしまった。いつも家に帰ると、私にやる気満々に、その公式を教えようとするので、足音を聞くや、私はさっさと逃げだしたものだ。しかし、父は少年のときの趣味が、最大の娯楽になった。毎日、夕方になると、小さな腰かけを持ちだし、町の大きな橋のたもとの木陰で占いをやったが、金は取らなかった。しかし、三元か五元くれる人はいつもいた。占ってもらう人は様々で、ヒラの事務員が前途を訊いたり、オールドミスが結婚を尋ねたり、どこかの奥さんが手を借りたくて女の子を探したりだった。たまたま、恰幅のいい、赤ら顔の太鼓腹を突きだした男がこっそり来たが、まるでわざと粗末ななりをした大官のようだった。訴訟を起こされない方法を伝授してほしいとのことだったらしい。その後で、父は手を洗ってまだ乾かないうちにこう言った。「いいことをしたよ。でも、天意を漏らすのは、どうしたっていかんからな」。私は思わず訊いた。「えっ、父さんに天意が分かるの」

父は度々人にいじめられ、その都度しっぽを股にはさんで身を保ったが、それでも逃れようがなかった。しかし、自分を守る道は探しだせた。彼の独特の処世術は、敵意を取りのぞき、悪だくみに出遭っても、いつも危険を平穏無事に終わらせた。私は父が村でさんざんいじめられたのに、なぜ遠くへ高飛びして活路を探さなかったか分からなかった。父は外の世界に恐れおびえた。未知のことには恐怖でいっぱいになった。外へ行ったら、さらにどうしようもなかったのだろう。

しかし、村にいれば、山に登って開墾し、河で漁ができるのだから、何といっても、一日三食くらいはどうにかなった。父は善良で、潔白でありさえすれば道はあり、いい暮らしができると生涯かたく信じていたのだ。父ほど潔白な人は、めったにいるものではない。

父は生涯になんどか運命の岐路に立たされたが、いつも可能性の前に足を止めた。少年のとき、湛江《チャンチアン》③に働きにいきたかったが、祖母に止められた。当時を振りかえって話をしたときは、残念な気持ちを隠しきれなかったものだ。それはたぶん村から逃げだしたいと思った初めてのことだったろう。運命を変える最初のきっかけは、一九五九年に現れた。そのとき、日はじりじりと照りつけ、セミが狂ったように鳴いていた。父は暑熱の中でイライラと落ちつかなかった。すると、父が会ったことのない見知らぬ人が、前庭に入ってきた。その人は遠くの親戚で、ずっと湛江の海辺で塩運びをしていたが、父にある知らせをもってきたのだ。遠洋航海の汽船が水夫を募集しているので、彼を連れていきたいと言う。父の目の前に、夢のなかで無数に現れた海が浮かびあがった。青々として広く、神秘的な紺碧が無限に広がる海だ。海の日の出と塩からい風を浴びる新生活が彼を呼んでいるのを感じた。彼は海を見たことがなかったけれど、すぐにでも親戚についていきたくてしようがなかった。

祖母は頑として父を止めた。あの男はあてにならない、一度だってちゃんとやったことがないんだから。今度だって、きっといいことじゃないわ。木造船があるだけだろうに、なにが遠洋汽船なもんか。母さんは行ったこともないのに、でたらめ言わないで。汽船がなくても、ぼくは行きたい、自分で行けるよ。そう言って、父は前庭を出て行った。阿水《アーショイ》（父の幼名）や、命知らずのせがれや、あの辺は乱れてるって言うじゃないか、どこへ行ってもいいけど、湛江だけは止めとくれ、祖母は泣きながらそう言った。父は祖母の言うことを聞いた。しかし、彼が行きたかったのはまさに湛江で、海を見たくてしようがなかったのだ。大人になったあと、「大海《ターハイ》」と改名したのは、そのことで縁がなくなり、出会えなかった海を記念したのだ。今になっても、海がどんなものなのか、見たことがないのだけれど……。

後に、父は小学校の教師と獣医になるチャンスもあった。どちらも彼の好きな仕事だった。教師の方は、村の支部書記が自分の姪にあてがった。獣医になる方も邪魔が入った。そのときの生産隊長④が証明書にハンコを押すのを拒んだからだ。その頃は証明書がなければ、一歩たりとも動けなかった。彼はもう少しで軍の学校に入りそうになったこともある。茂湛地区で五十人選ぶのだが、父はそのリストに載っていた。それは願ってもないチャンスだったが、またしても彼は行かないことにしたのだった。バカだよと私が笑うと、父は言った。「オマエが生まれそうだったんだ。軍人になれば、町の娘をもらえるのに、オマエや母さんといたいなんて思うもんか」

若いとき、父は奇想天外で、なんでも思いついてはやってみた。そういう開放的な精神と冒険家的な行動は三十までつづいたそうだが、それは私の記憶における保守性とは大きな隔たりがある。結婚したあと、子どもが続々と生まれ、生活の負担が日増しに増えて、それどころではなくなったせいかもしれない。たとえば、彼は小さな発明品をいじくり回すのが好きだった。しかし、それで人生を変えようというわけではなく、純粋に科学的な発明にたいする熱狂から出たものにすぎない。すくなくとも、己を知る賢さはあった。その頃は情熱にみなぎり、まだ壊滅的な失敗を体験していなかったのだ。彼の発明と機械の製造は、もっとも単純な手工業から始まった。たとえば、竹の器を編むこと、簡単な長椅子と椅子を作ることだ。彼は十六、七で、田舎でよく使う竹編みの技術を会得したが、もっとも難しい魚籠も作れた。しかし、志はそこにはなく、打ちこんでやらなかったので、巧みな手わざとはとても言えなかった。編んだ器はいいかげんでお粗末で、まるで画の下書きのように輪郭があるだけで魂がなく、芸術品とはお世辞にも言えなかった。それで、彼は簡単に、しかも大量に笠を作るために、鉄筋にセメントを流しこんで、いくつか「笠の型」をこしらえた。セメントで作った笠の彫刻のようなものだ。その型でけっこうな数の笠を作ったのに、すぐに飽きてしまった。同じ原理で、「柄付きザルの型」を作った。先ず竹で柄付きのザルを半分ずつ編んで、それから一本一本の竹の先端を折り曲げて鈎爪にしたが、あとで、先に爪を作っておいて編んだ方がずっと速いことがわかった。

六〇年代、父は村中を驚かせる機械を発明しようと決意した。それが手製の歯車装置やチェーンや木の部品でこしらえた田植え機だった。その木製の機械の外観は、すこし木のベビーベッドに似ていて、底部は板、四方に欄干があり、小さな船のようでもあった。水田で人力の操作で機械のレバーを起こしたり倒したりして、ちょうど鶏が米をついばむように、苗を一定の間隔と距離で植えていくのだった。しまいにはグライダーまで作ったことがあったが、しかしすべては失敗に終わった。

私はいちど薄暗い屋根裏の物置に上って、父が発明をやっていた頃の工具や試作品を見つけたことがある。それらは、彼の若い頃の野心や狂想のなごりを伝えていた。だれにも若い頃には無数の可能性がある。しかし、田舎で育った人間は、長い夜のような暗闇と寂しさを突きぬけるだけの十分なエネルギーや熱意や力がない。彼らに才能や熱意が足りないわけではないが、ついには火種のように途中で消えうせてしまうのだ。私はそれらの奇妙な形をした型を見つけて、村の人があれこれ言っていたのを思いだした。折り重なり、からみあい、犬の歯が噛みあっているような木の歯車装置とチェーンは、物置の暗闇の中で微光を放ち、まるで怪獣の遺骸のようだった。思うに、それこそ父が夢見たグライダーで、ついに空に飛んでいくことはできなかったのだ。

私たち一家七人は、父の指導と統治の下では、清朝末期の人が外国人にされたように、しばしば白い目で見られ、バカにされた。父が官吏を勤めることができないのは請けあいだ。威信などあったものではないのだから。だから、彼が生産隊の会計係をやったことがあるとは夢にも思わなかった。父は中学に上がり、読み書き算ができ、算盤はパチパチとはじけた。数学の才能があり、中学校の代数と幾何は詳しかったし、自分で微積分もすこし勉強した。おとなしくて信頼できて小心だったので、上の者から見れば、いい部下だっただろう。そのおとなしい人間が頑固なところもあって、上の人がこっそり穀物を分けろと言ったとき、断固として拒んだとは思いもよらなかった。父は会計の仕事で、武勇伝と言えることをふたつやり、今でもある人たちには興味の尽きない話になっている。ひとつは脱穀機を機転を利かせて奪ったこと、もうひとつは全県に先がけて耕地を個人に分配したことだった。

その秋の日、父は何人か連れて石湾大隊へ脱穀機を取りにいった。その脱穀機は大きな口を開けていて、口の中には鉄の歯と回転するドラムがはめ込まれ、鉄板で覆われていて巨大な虎のようだった。脱穀機は発動機で動かすが、皮のベルトで電気エネルギーを機械に伝えるようになっていた。皮のベルトこそ鍵だった。そのとき、大隊には一台しか脱穀機がなく、農繁期なので、いくつかの村が脱穀機を奪いあって喧嘩になった。父が先に着いたのに、隣村の生産隊長は力に任せて強引だった。先手必勝、人をひき連れ、脱穀機を持っていこうとした。すると、父は四の五の言わず、さっと手を延ばすや、もう手には皮のベルトが収まっていた。大隊の幹部は腹を抱えて笑い、相手は腹を立てたが、脱穀機を鳳凰村に譲るしかなかった。それは父がもっとも機転を利かせた事件だったのかもしれない。しかし。私が確めようとしたら、父はぼんやりした顔をした。

その頃、生産隊の機械的平均主義の弊害はますます明らかで、鳳凰村のみならず、全国の農村経済は崩壊の縁に立たされていた。情報が閉鎖されていたにすぎず、各村の状況はほとんど同じなのに、風通しが悪くて上下の階級間はパイプが詰まっていた。村のだれもが耕地を分けて各戸でやりたがっていた。しかし、それをやるには諸々の関係が大事だった。下手をすると国法に触れることに、責任を負う者などいない。何人かのお偉方が父に揺さぶりをかけて、惑わせた。彼らは言った、あんたは計算と測量に詳しいから、あんたが出てって仕切らないと、だれもできないよ。生産隊はトカゲのシッポを切ろうというのに、父は大局を洞察するのは得意だと吹聴していた。一九七九年七月、彼は暦をひっくり返して吉日を選び、畑を各戸に分配した。その頃、周辺ではまだ耕地を分けたなどと聞いたことがなく、それはひじょうに大胆なことだった。鳳凰村が全県に先がけて各戸に耕地を分配したのは、資料で証明するのは難しいそうだ。しかし、父が鳳凰村の耕地分配の歴史を創ったことには、異論の余地がない。

十二月になって情勢が急変し、朝令暮改した。上部で全県の農村が耕地を各戸に分配するのを厳禁したのだ。分けたところは、「桶のタガ」を締め直さなければならなかった。付近の多くの村は、しかたなく次々にタガを締め直した。上部から追跡調査の人間が来ると、村のお偉方は言った。「私は字が読めないもんで。畑の分配なんて面倒なことは、みんな会計がやったんです。タガを締めるなら、アレのとこへ行ってください」。県、公社、大隊の幹部で構成された工作グループは十人近くいた。古い祠堂を改築した村の小学校に駐留して、その意気たるやすさまじく、父に三日以内にタガを締め直せと要求した。父はきっぱり拒んで譲らなかった。「ぶんまけた水は、もう戻るもんですか」。言葉は強硬だったが、内心ではドキドキしていた。幸いにも、数日後、省の新聞の社説が、各地の耕地分配を肯定したというニュースが伝わり、彼はようやく命拾いしたのだった。

四　和解

父はあんなに私を愛したのに、それが私に深い抑圧を感じさせた。父は私が政治家や金持ちになることは期待せず、農民にならなければと望んだだけだった。私は大学に合格したあと、遠くへ去り、父の私に対する影響はほんのわずかになってしまった。私は、かつて父に目を怒らせて向きあい、絶え間なく言い争ったことを後悔している。彼が物質的に求めるものはもとよりないが、精神的な世界は型にはまって変わりようがなく、保守的で頑固で、それなりの世界ができあがっているからだ。私が大人になったあとの努力のすべて、少なくとも大半は父に見てもらうためのものだった。私は父の延長と発展にすぎないのだから。しかし、彼はいつも私をいら立たせるか、落ちつかなくさせた。

長年の後には、私は父に対してもうなんの恨みもなく、ただ逆らったための後悔があるだけだった。子どもたちのために、父は損得を計算せず、結果も考えなかった。私がより正しくても、彼がより単純で粗暴だったとしても、もうどちらでもよかった。いわゆる家長、すなわち家庭というささやかな王国の君主は、その寥寥たる民に命令する絶対的な権威を持っていて、親子の間には厳然たるちがいがある。孝の道を核心とする儒教の倫理は、礼法と親子の別を大事にする。息子は親に順い、孝であること、そして服従と尊敬のみを求められる。要するに、親の言うことを聞くということだ。古代ヨーロッパでも、息子が感じた抑圧は儒教の忠孝にけっして劣らない。エディプス・コンプレックスはその種の衝動の概括であり、「父殺し」は衝動を極端化したものだ。しかし、近代以降、父親はもはや権威や支配者ではなくなり、精神的には息子と平等になった。また、父親は子どもへの愛をほしいままに扱ってはならない。ヨーロッパ人は私有財産の概念を大切にするが、子どもを私有財産にしてはならないし、考えを強制してもいけない。父親には子どもを養い、教育を提供する責任はあるものの、教育の権利をほしいままにすることはできない。彼は家長ではなく、支配者ではさらになく、監督者にすぎないのだから。息子が選択する道が正しくても誤っても、大事なのは息子が自由に選択する権利である。父親は子の選択に干渉することも、その行動を阻止してもならない。しかし、それこそが、まさに中国式の家長がいつもやることなのだ。

だれもが選択の権利があり、それを侵してはならない――これは中国の伝統文化の遺伝子を持っている父親にとっては理解しがたいことだ。彼にはどんな愛の理論も技巧もいらない。ただ息子への責任があるのを知っているだけである。そのために、子どもの反感や憤激や抑うつを招こうと、ものともしない。彼は感情的な交流と理解を必要としたことなどないのだ。感情の交流は愛の技巧に属するが、中国的な父の愛にはひたすら献身（同時にそれは鎖と手錠でもある）と犠牲があるだけだ。オレは正しい、オレの経験はもっと豊富だ、オマエはオレの言うことを聞け。なにが自由な選択だ、オレにはそんなことは分からんし、興味もない。

父を責めることはできない。彼の背後には、数千年の家長制と独裁が溜まっていて、前を見、後ろを見ては、ビクビクものだったのだ。彼の体の中には、嵬々としてそびえ立つ、険しい顔つきをした数千年来生の昔の父親が、心配のあまり顔を曇らせている。父の顔には代々の祖先の面影が重なり、話す言葉の端々には祖先の口調が重なる。この土地に育った果樹には、そのような実しかならないのだ。きっと根源のどこかに問題があったのにちがいない。私は父がかつてよく肥溜めをさらっていたのを思いだす。クズ煉瓦や枯れ枝など無用の物を竹林や山に捨てにいって、それに余念がなかった。井戸であっても、浚わなければならない。それが私の精神におけるゴミさらいの考え方だが、どんなに浄化しても、きまってまたゴミは浮かんでくる。

私は父の私に対する愛とやり方をそっくり受けつぎ、それを弟と妹に注ぎこんだ。私は一九九八年に大学を卒業したあと、四人の弟妹の教育（小学校から大学まで）を引きつがねばならなかった。知恵をしぼって高騰する学費を工面すること（教育の産業化はひどいことで、それは低層の民衆、とくに都市の貧民と農民の出口を塞いでしまい、国家と民族の根本を損なうことだと私は考える）、それよりさらに面倒だったのは、道案内と新しい家長の役を務めねばならなかったことだ。弟たちは幼少年期を町で過ごし、私より反抗的で、さらに田舎者の父を軽蔑していた。父はもう子どもたちの前で、権威のとりつくろいようもなかった。それで、運命的な後継者に私が選ばれたのだが、それは私の不幸であり、弟たちにとってもどっちつかずのことだった。私には滾々と湧きでる愛と力と時間があり、旦夕の間に、いっそ弟たちを成長させ独立させたかった。彼らの生活設計を助け、将来の道筋をつけさせたが（私の方が父よりさらに先の段階を担い、もっと危うかった）、私は疲れはて、つらかった。いま、三人の弟と妹は大学を卒業し、五番目の弟は働きに出ている。

弟たちの私に対する態度は、私の父に対するそれと似ていた。愛と尊敬がありながら、恨みと冷淡さもあった。彼らは私に抑圧されていた。それは私が父と似た過ちを犯したことの表れである。彼らは私を暴君だとそしったが、それは私が父をなじったのと同じだった。どうやら、私は愛を誤解し、濫用したようだ。私は愛の探求、追究と実践をほとんど止めたことはなかったが、その要領を手に入れられなかったのだ。子どもの養育は本来は父が担うものだが、そうだったなら、弟たちとの関係は自然で、ゆったりしてやさしく、かなり平等で、衝突もめったになかったことだろう。家庭への責任と肉身の情から、私は父の役割を果たすよう迫られたのだ。

愛とはなんだろう。私はちゃんと説明することができない。愛を語ることはむずかしい。用いるのは愛に関する言葉以外にないのに、語られたことはなかなか要領を得ない。ちょうど詩が語りえないのと同じように、用いるのは詩の言葉以外にないのに、詩はすべての言葉よりも大きく、すべてのおしゃべりを越えている。愛は神秘的なもので、それは詩、あるいは夢の神秘と同じ深い源から発しているのだ。私は何人か女性を愛したことがあるが、彼女たちの愛を手に入れることはできなかった。ちょうど不器用な猟師がカナリアを捕えられないように。彼女たちは、だれもが私には愛の技巧が欠けていると言った。そうだ、父はただ盲目で頑なに私を愛しつづけただけで、やはり技巧などなかった。ある日、私はある古い本に「愛は技巧ではない。もしあなたが技巧を用いるなら、愛に敗れるだろう……」とあるのを読んだ。私は目から鱗が落ちる思いだった。愛は最大の神秘であり、アインシュタインは最大の秘密は宇宙の存在とその理解だと言ったが、その言葉は愛の論議にも適用できるだろう。後に、私はＴＹと出会った。技巧には疎くても、愛する人を得られたということは、私にはちょっとした驚きだった。

私はしだいに父の私への愛を理解できるようになった。深く、強く、報いを求めず、結果を考えず、技巧もないが、うそ偽りはさらさらない。私が幼いときから大人になるまで、父は自分の知識と判断から出発し（それは多くの誤謬に満ち、私を苦しめた）、私がなにをすべきで、なにをすべきでないか、この道を行くべきで、その道をいくべきではないと（すべてのものごとと道の前には、父の姿、両手と口がいつも現れた）、決定していたことに気がついた。しかし、結果がどうあれ、父は私を一度も責めたことも叱ったこともなく、まして憎みきらったこともない。いままた似たような状況になっても、彼はあいかわらず自分の意見に固執し、けっして譲らないだろう。しかし、彼は私が気楽で楽しく過ごせることを望んだのだ――要領がつかめず、その反対の結果になったとしても。その点は、私が疎かにしていたことだった。それはどんなに重要なことだったろう。私はどうしてもそれを会得できなかったのだ。十数年にわたる弟たちに対するいわゆる「しつけ」において、彼らへの承認と叱責は半々だった。それがもたらした抑圧は、私の想像をはるかに超えていた。父の愛は自然で、深く、広かった。それが私の心に注ぎこまれるや、私はただちに愛と善の力を持つようになり、それが私の天性を決定したのだ。私は巨岩を受け渡されたように、その天性を受け渡された。ときには、やはり見るに堪えない争いがあっても、私はほんとうに父を憎んだことはついぞなく、いつも和解することができた。父、村、あるいは世界との無条件の和解は、私に最終的な安らぎをもたらしてくれた。私がよかろうが悪かろうが、身分が高かろうが低かろうが、私の命はすべて父がくれたものだ。私はすなわち彼の創造物であり、彼は私の創造主なのだ。この世界において、父のように私を愛してくれた人は、いったいほかに誰がいるだろう。

訳注

①鳳凰村＝広東省南部にある茂名市に属する村。この作品の舞台であり、頻出するその他の地名もすべてその周辺に実在している。

②身分証＝改革開放の進展に伴い、国民の国内移動が増加したために作られた携帯用の身分証明カード。一九八六年までに関連の法令、規則が整えられ、その年から発行が始まった。行政的な諸手続き、列車のキップの購入、ホテルの宿泊、警察官の職務質問などのときには提示しなければならない。

③湛江＝広東省南部にある海岸沿いの都市。

④生産隊＝一九六二年に成立した人民公社の最基層組織。三〇～五〇戸を一生産隊とするが、それはほぼ従来の郷村の規模と一致していた。生産手段の共有においては、そのうえに生産大隊、さらにその上に人民公社を置く「三級所有制」であった。八三～八五年の間に、ほぼすべての生産隊は解体された。

李《リー》蘭《ラン》妮《ニー》

一九五六年生。原籍、黒龍江省。小説家、散文作家。代表作に、自身のガンとうつ病の闘病生活を描いたノンフィクション『広野に人なし』。他に、『池の畔の緑の家』、『人、深圳に在りて』、『厦門の物語』など。広東省魯迅文芸賞など受賞多数

百個の餃子

子どものとき、どんなものを「家」というのか、よくわからなかった。軍営のなかの子どもは幼いうちに集団生活に適応し、幼稚園から私たちは学校の寮生活に慣れていた。それは「四海沸きかえって雲水荒れ、五州振動して風雷烈し」①という六〇年代のこと、すべての大人と子どもの革命的闘志は高揚し、先を争って革命を語り、革命的なことをし、革命的な人間になろうとしていた。

私たちは自分の身分を知っていた。私たちは軍隊の子どもで、共産主義の後継者だった。当時、学校に寄宿すると、家に帰れるのは一学期に一度だけ。冬と夏休みになっても、家の大人たちに軍事的な任務があれば、そのまま学校に留まった。

その頃は、宿舎の一部屋に十二人が住んでいた。消灯の号令が響くや、電気を消し口を閉ざし、号令が終わるや、生活係の先生が電池を照らしてベッドを調べにきた。だれが規則に反したか逐一記録し、翌朝の体操のとき、生活指導主任がみんなの前で名指しで批判した。先生は私たちを尊重していて子どもとは見なさず、児童を指導すること兵を指導するごとしだった。先生から教わったのだが、私たちは家庭と連絡を取る子どもの最後の代かもしれなかった。革命情勢の発展につれて家庭は解消され、子どもは生まれるとすぐに社会に預けられ、まとめて世話される。全国の人民がひとつの家になって、分けへだてをしないと言うのだ。私たちはふかく鼓舞され、またいくらか困惑もした。お父さんとお母さんは、すぐにでもなくなるのだろうか。もしかしたら、これから見かけるすべてのおじさん、おばさんは、みんな父さん、母さんと呼ばなければならないのだろうか。

私たちはなんの心配もなく学校で生活し、食事はいっしょに食堂で食べた。着る服は学校が支給する制服で、教科書、鉛筆、鉛筆削り、ノート、ビスケット、飴、果物、タオル、石鹸、洗面器などは、みな学校から時期と量を決めて支給された。注射や薬は診療所があり、映画はそろってグランドへ見にいった。

ある日の昼、一台のジープが二年生のくせ毛の男の子を迎えにきた。翌週、幸運にもまた迎えにきてもらった人がいた。家に帰りたいという熱望は、コレラのように広がりはじめた。

その夏、私は頭が張り裂けそうになるほど家に帰りたかった。父と母がどこにいるのか知らなかった。なぜ私を迎えに来ないのかも。恐る恐る、家は私を解消したのではないかと考えた。夢のなかでさえも、私は父さんと母さんを見ることができず、必死になって彼らの面影を思いだしたが、必死になるほど、彼らの顔形は曖昧になった。

その夏は、みなアセモができたのに涼しい服もないので、女子生徒の間ではハンカチでランニングシャツを作るのが流行った。私たちは、以前支給された古いハンカチを探しだし、一枚の布に縫いあわせて、真ん中に穴を開けた。頭を通すと、簡単な「ランニング」になった。その日、私が学校でランニングを縫っていると、見たことのない軍人がとつぜんドア口に現れて、私の名前を呼んだ。その軍人は、「あなたの父が家に連れて帰るよう頼んだのです」と言った。

「家」という言葉を耳にするや、私の頭はサッカーボールが当たったようにしびれて、熱く、真白になり、脳震盪のようになってしまった。私はなにも訊かず、なにも持たずに、その軍人にぴったりくっついてドアを出た。途上、車に乗り、舟に乗ったが、私はいま家がどこにあるのか尋ねなかった。〇〇部隊はしょっちゅう移駐するので、軍人の家もよく場所が変わったのだ。ある町に着いた。ひどく奇妙な名で、「仏山」と言うのだが、町に仏像はなかったし、山もなかった。

父さんを見つけると、どんなに長く会わなかったか、思いだせなかった。私は表面は冷静で、泣きも笑いもしなかった。あいかわらず「脳震盪」状態だったからだ。もしかしたら、家に帰りたいあまり、疲れすぎていたのかもしれない。心は干からびて、シワシワになり、ランニングに使った古いハンカチのようだった。

しかし、父は笑って、私の肩を軽く叩いて言った。「なんで、物もらいの子のような恰好をしてるんだい」。その表情は、連隊長が落伍して帰隊した兵士を見かけたときのようだった。

私は言葉が見つからず、かしこまって父の事務室に坐り、阿呆のような様子をしていた。

父はしゃがみこんで、私をじっと見ながら聞いた、「どうしたんだ」。私は強ばった舌をやっと持ちあげて言った、「いつ家に帰るの」。「母さんと弟が、江西のお婆ちゃんの家にいるんだ……」。父の言葉が終わらないうちに、私はとつぜん叫んだ、「わたし、学校へ帰りたい……」。立ちあがるや、外へ向かって走りだしたが、父は私を追いかけてつかまえて言った、「家が恋しくないのか」。「恋しくなんかないわ」、父と母のことが恨めしく、大声で叫びたかった。「父さんたちが、さきに私なんかいらなくなったんでしょう。私だって、いらないわよ」。父は私の腕をつかんで言った。「父さんとまず服を買いにいこう。そのあと学校に帰ろうが、家に帰ろうが、おまえの勝手だ」


父は買い物が下手だった。ケースの陳列品に向きあって、どうしていいかわからなかった。さいわい、彼の赤い襟章が女店員を感服させ、彼女は愛想笑いを浮かべて、私に白い半そでのブラウスと青いズボンを選ぶのを手伝ってくれた。「脱がなくていいわ、そのまま着ていきなさい。きれいなお嬢さんね」。そのとき、脳震盪の症状は消えうせていて、私は思った。「どうしてわたしのこと、きれいだなんて言うのかしら」。もし私がひとりで服を買いにきたなら、おばさんはそんなふうに言うはずがない。父さんがいるって、ほんとにいい。そう思うと、私は自分が笑っているのに、ふと気がついた。

店を出ると、父は言った、「昼は餃子を食べよう」。私は大喜びで訊いた、「肉入りの餃子なの。でも、まだ正月になってないわ」。「これからは、餃子を食べたかったら、正月を待たなくていい。いまから行くところの餃子は、この町で一番なんだ」。私はすぐに全身に力が満ちあふれ、声を張りあげて言った。「私、百個食べられるわ」

父は私を華僑大厦へ連れていったが、その時期、そのレストランは外国人向けにやっていなくて、店にはひとりも客がいなかった。料理人は明らかに私たちが来るのを知っていて、ニコニコと出迎えてくれた。「すぐにできます。六十個でしたね」。父は鷹揚にちょっと手を振って、「もう四十個増やして」と言った。料理人は驚いて言った、「食べきれますか」。私は間髪を置かず、相手の話がまだ終わらないのに、「食べられるわ」と言っていた。

餃子が運ばれてきた。めったにお目にかかれない白い皮で、それもとても精巧で、きれいにできていた。私は一口に一個平らげた。楽しいことこの上なく、幸せこの上なかった。そんなにおいしい餃子は食べたことがなかった。皮が薄く、肉が多くて、香りが濃厚で、油で光り、肉は柔らかかった。私は一気に十個平らげてやっと息を継ぎ、話をする余裕ができた。「餃子はこんなに小さいのに、百個で足りるかしら」。「だいじょうぶだ、足りなければ足せばいい」、父は言った。「わたし、百個食べたい」と真剣に言った。「よし、父さんが数えてやろう」

私は食べるのが速く、醤油も酢もつけなかった。「よく噛みなさい」、父は言った。「学校では、食べるのが遅い人は、夜、お腹がへって泣いてるのよ」。父は箸を置いて言った、「これからは、家でご飯を食べるのに慌てなくていい。家では、どのみち腹いっぱい食べさせるんだから」

三十八個目を食べおわると、お腹が張った感じがしてきた。しかし、私はぜったい百個食べてやると決めていた。私の心の中で、「百」はいちばんきれいな数だったから。家にたどり着いた喜びはあまりに大きくて、百個の餃子でなければ、それは象徴も表現もできなかったのだ。

私は箸を置いて、テーブルの周りを走り、父に「忠の字舞い」②を踊って見せた。さらに開脚したり、逆立ちしたり、とんぼ返りもした。休まずに飛んだり跳ねたりして、胃やノドに詰まっている餃子を腸に落とそうとした。その後、さらに食べつづけ、お腹が張り裂けそうになって、もう数も分からなくなった。私は手足が冷たくなり、眩暈がして気持ち悪く、目がかすんで足がフラフラした。餃子が鼻からズルリと出てきそうだった。泣きたかった。父は残った餃子をハンカチに包み、私に渡した。「行こう、家に帰るんだ」

その日から、十数年というもの、私は餃子を食べなかった。餃子を一目見るなり、お腹がいっぱいになるのだ。あれから長い年月が過ぎたが、私にとって「家」とはけっきょく何なのか、ずっとつき詰めて考えたことはなかった。「家」のことを考えるや、頭が混乱し、放心状態になり、焦り、心が痛んで怖くなるのに、一方で期待に満ちあふれもするのだから。その期待というのは、とても深く長くて、断崖絶壁のようだ。遠くで見ると、まさに絶景だが、近くで見ると……しかし、近くで見ることはできない、私はその切りのない期待の中に、まだ入いりこんだことがないのだから。

訳注

①「四海翻騰雲水怒」＝一九六二年、毛沢東作「満江紅」の冒頭の句。

②忠の字舞い＝文化大革命時、毛沢東への忠誠を表すために、「毛沢東語録」などに合わせて踊られた舞い。

知識青年の墓地

私はどこへ行こうと、農場の知識青年の墓地のことを思いださずにはいられない。草が青々と深く茂り、名も知らぬ虫がつらくなるほど鳴きすだいている墓地を。当時、農場で勉強していたとき、陰気で寒く、真っ暗な雨風の夜には、墓地から笑い声や歌声、泣き声が遠くから響いてくると聞いたことがある。

海南島を離れた十数年の間、ひとつの願いが私を始終さいなんだ。それは強くなったり弱くなったりするのだが、農場へ戻って、すべての知識青年の墓前に花束を捧げたいという願いだった。

その願いがかなう日が来た。

私たち一行五人は寂しい山道を歩き、私は道々野草の花を摘んだ。バラやジャスミンの花を捧げようと思わないではなかったが、それらはあまりに鮮やかすぎ、その墓地に入る資格がないほど鮮やかだった。それらの花は、そのやせた土地に根を下ろすのがいかに困難なのか知らないし、山の雨風に身を打たれるつらさを味わったことがない。苦難のなかで育った野草の花だけが、永遠にさすらう魂を慰めることを知っているのだ。

記憶のなかの墓地は、荒れて人跡が絶え、南の斜面なのに、一日中冷たい風が吹いて、胸の高さほどもある茅がヒューヒューと鳴り、ささやくようであり、だれかがすすり泣いているようでもあった。ひとつまたひとつと連なる墓は、みな心を痛ませるように立っていて、話しつくせない気持ちと寂しさをもの語っていた。しかし、今度墓参に来て、すべての墓が青々と花と緑に囲まれているのを見ようとは、いったいだれが思っただろうか。それらの緑は、旺盛な生命力そのものだった。

いっしょに墓参りにきた昔の同級生は悲しんで、ひどい、自留地がこんなところまで来るなんてと言った。

しかし、私はその緑したたる花畑が好きだった。

泉下で、生命のすべての過程を味わえなかった人たちが、生きている人が耕し、種を播くのを黙ってじっと見ている。力に満ちた種が柔らかい芽をそっと出し、この土地に生の喜びをあふれさせる。たくさんの黄金色の花が開いて、生命の金の時代がやってくる先触れをする。たわわになった果実が、泉下の人たちと生きている人に収穫の楽しみを分かちあたえるからだ。

私はある夭折した少女を思いだした。

一時期、連隊本部①の食堂近くにある井戸のそばで、私はよく十六、七の潮汕《チャオシャン》②の少女に注目していた。周囲の人は、潮汕の少女は小さいときから外に出ず、手には刺繍の糸を放さないので、とくになよなよしていると言った。そんなに弱々しい人が、どうしていつも分厚くて黒いズボンと重いゴム長靴をはいているのか、私にはわからなかった。なぜあの白くてきれいな顔はいつも疲れきっているのか、わからなかった。その子どもっぽさの抜けきらない瞳は、なぜ笑ったことがないのか、わからなかった。人によって、彼女は豚飼いの班だとか野菜作りの班だとか言っていた。彼女はいつも黙っていた。黙々と水桶を下げる綱を片づけたり、黙って天秤棒をついてぼうっとしていたり、黙々と大きな水桶をふたつ担いで、うつむいてあたふたと通り過ぎていった。ほどなく、彼女が入院したと聞いた。何日かすると、彼女はガンになったと聞いた。なんと、彼女は婦人病を病んでいて、半年以上多量の出血が止まらなかったのだ。しかし、診察に行こうとはせず、人に話そうともしなかった。毎日、まじめに重労働に従事して、広い天地で革命への忠誠心を鍛えたのだ。

息絶える前に、彼女は言った、「家に……帰る」

しかし、彼女は家に帰ることはなかった。いま彼女はその墓地で休んでいて、尽きせぬ郷愁が永遠に彼女につきまとっている。

花束を彼女の墓前に捧げたいと思ったが、彼女の名前を知らず、その墓も見つけられなかった。私はセンダングサの花を、一本ずつすべての墓石の上に置いた。金色の花芯、真っ白な花びら、花は静かに横たわり、とても清楚で生き生きしていた。あの永遠にさすらう魂は、そのとき花芯のなかに安らっただろうか。

ごく細いセンダンの苗木が、ある墓の上に伸び伸びと美しい枝葉を拡げていた。小さな緑の傘のようで、南国の強い日差しを遮っていた。私は緑の傘の下の少女を知っている。

彼女は張という姓で、広州の知識青年だった。すらりと背が高く、髪を頭の両脇で結び、目がとてもキラキラしていた。ときには、目の端でチラッと人を見るので、すこし気位が高そうで、シャレた感じもした。彼女は中高生のとき、水泳の主力選手で、典型的なスイマーの体型をしていた。活気と力と明るさに、はじけるようだった。

夜。台風が吹き荒れた夜。空は珍しいほど暗く、寒く、山津波に彼女と仲間が住んでいる場所が取りかこまれてしまった。それは新しく編成した連隊で、三十人に満たず、二人の男の同志以外は、みな二十歳前後の女性部隊だった。そのうち、半数は泳ぐことができた。

もし、分かれて脱出したら、大幅に被害を減らすことができただろう。しかし、彼らは兵団の戦士で、人は天に勝つ、天と闘い、地と闘い、そこに無上の喜びがある。河が深く海が深くても、階級の友愛の深さには及ばないと信じていた。彼らは激し高ぶって、生きるならいっしょに生き、死ぬならいっしょに死ぬのだと悲壮な決意を下した。手を取りあい、身体をくっつけあって、狭い高台の上に立った。若くて体の弱い者をとり囲み、氷のように冷たく胸を没する洪水に向かいあって、涙ながらに「インターナショナル」を歌った。不幸なことに、上流のダムが決壊し、いきなり洪水がすべてを呑みこんでしまった。

生存者のなかに、その水泳の選手はいなかった。洪水が退いたあと、人々は灌木の茂みのなかから彼女を探しあてた。彼女は片方の手を硬く曲げて、水を掻いているかのようで、その傍にはぴったりと泳げない弱々しい少女がくっついていた。彼女はけっきょくその小さな仲間を人の世に連れかえることはできなかった。しかし、彼女は安息を手に入れることができただろう。泉下で、その小さな仲間は彼女を崇拝し、彼女は仲間たちに命より貴重なものを与えてくれたからだ。「さいしょから分かれて脱出したら、よかったのに」。生きている者たちはよくひそかにため息をついた。

そうだ、もしも……でも、私は知っている、彼らはその「もしも」を選ぶことなどありえなかった。当時の兵団戦士は、みなその「もしも」を選ぶことなど、ありえなかったかもしれない。いまの人たちはそのような状況で、どのような選択をするだろうか。私にはわからない。

私は一本の花をそのセンダンの木の下に置いた。

私は歌を歌いたかった。「南に河を渡る、河の長きよ。宝の島は……」という歌を、「スコップ舞って鉄腕振るう、革命のためにゴム植える……」という歌を。

私は声を出せなかった。そのメロディー、その歌詞を思いだすと、頭が真っ白になって、酸いも甘いも苦いも辛いも、すべてがごっちゃになった。私は大声で泣きたかった。狂ったようになにかを叫びたかった。バカみたいに大口を開けて笑いたかった、あの山、あの河、あの南国の太陽、あの大地を抱きしめたかった。私は自分がいったいなにをしたいのかわからず、なんでもしたかった。

一つひとつの墓石をなでながら、私の心はひどくうずいた。当時、私は十四、五で、彼らは私よりいくつか年上なだけだったのだ。

墓石に、私がよく知っている少女の名前が刻んであった。私は彼女と会ったことはないが、彼女があの洪水に呑まれたあと、私はその遺影を見、日記を読んだことがある。人形のような顔立ちに、短くて濃い髪で、おとなしくて聡明そうだった。しかし、彼女の日記には次のようなくだりがあった。「第三次世界大戦が勃発しさえすれば、私はただちに髪を剃り、銃を担いで前線にいって、本当の戦士として戦う」

知識青年がまだ町に帰らなかった何年間か、その墓前には、いつもだれかが供えた造花があり、他の人たちは少女には心の秘密があったのだと推測していた。しかし、だれもそれがどんな人なのかはわからなかった。

何年も見なかったが、去年、あの神秘的な造花がまたその墓前にあったと、同行者が私に教えてくれた。

永遠の愛は存在しないと言われる。生きている間は、永遠は求めても無理なのかもしれない。それでは、生者と死者のあいだはどうなのか。花を供えた人は、いまは模範的な夫や理想的な父になっているかもしれないが、彼はあの時代の恋人がここに埋まっていることを忘れなかった。彼はあの時代を忘れるはずがないし、自分がどこから来て、どこへ行かねばならないかも知っているのだ。

私はその墓の上に、野草のスベリヒユをひとつ置いた。淡い黄色い花が咲いていて、小さいけれど、とても愛らしかった。

当時、知識青年は続々と町に戻ったが、農場を離れる前、だれもがその墓地に別れを告げた。十数年が過ぎたが、それらの知識青年はどの土地で生きようが、失敗しようが成功しようが、だれもが夢のなかでその南の斜面を思いだしたはずだ。

成功に得意になり、高官になったある知識青年は、ほとんど過去の同級生や農場の友と関係を断ったが、毎年機会を設けては、農場を見にいっている。彼はずっと知識青年の墓地を忘れないのだ。

商売人になったある知識青年は、もうけるためには、どんな手段を使うこともためらわない。しかし、彼は毎年海南島へ行って商談し、毎年農場に戻っている。廻るのはいつも同じコースだ。知識青年の墓地、かつての連隊、宿舎、彼がゴムを採取したゴム園。

なぜ、だれもがみなその南の斜面を忘れられないのだろう。なぜ、だれもがみな農場へ帰って喰い入るように見つめるのだろう。なぜ、同じ連隊の知識青年は、毎年日を決めて集まるのだろう。なぜ、人々は微笑みながら、かつてのつらさを語るのだろう。なぜ。

私はだまって、ひとつひとつの墓に刻まれた名前を胸に刻んだ。私たちは同じひとつの名前を持っていた。それは「知識青年」と言う。当時、彼らはお兄さん、お姉さんだった。いま、私は中年、老年に向かって歩いていて、額にはもうシワが寄りはじめた。将来、人々は私をおばあさんと呼ぶだろう。しかし、彼らは永遠に小李《シャオリー》、小張《シャオチャン》、小朱《シャオチュー》、小梁《シャオリアオ》……であり、永遠に若いままだ。海南島から広州に帰ると、同じ農場にいたある知識青年が私に訊ねた。「知識青年の墓を見てきたの。きっと荒れてたでしょう」

「いいえ、青々としたお花畑だったわ」

訳注

①連隊＝この作品は、六九年以後に急激に高まった「上山下郷」運動により、都市の多くの「知識青年」が農村の人民公社に「挿隊」したことが背景にある。人民公社の基層組織は生産隊と呼ばれ、そこに編入されたので、「挿隊」と呼ばれた。軍系統の開墾農場に「挿隊」した一部の「知識青年」は、軍隊生活を範にして共同生活し、一地域の一隊を連隊と呼んだ。「私」が「挿隊」したのは、海南島にあった開墾農場である。文革終結までに、総計約千七百万人の「知識青年」が「挿隊」したとされている。

②潮汕＝古くは潮州とも言った広東省東南部の沿海地域。

秦《チン》錦《チン》屏《ピン》

小説家、散文作家、劇作家。第五回冰心散文賞など受賞多数。

おばさん

門に入るや、台所からごちそうの匂いが漂ってきて、ふわっと顔を包んだ。ああ、きっとお客さんが来たんだわ。

私は窓の下に立って、窓の切り紙細工の裂け目から覗いた。祖母の刺繍のある纏足の靴のほかにズック靴があって、七、八歳の子ども靴の大きさだけれど、それよりすこしふっくらしていた。先っちょの脇には、きちんと真っ赤な牡丹の花が刺繍してあった。そんな靴を履くのは、ふつうは田舎のおばあさんだ。戸を開けて、暖簾をかきわけると、はたして、頭にラクダ色のスカーフをかぶり、灰青色の襟つきの服を着た大叔父の連れ合い①だった。着物の前身ごろには、汗や雨をぬぐったり、食事のあとで口を拭いたりするハンカチが挟んであった。彼女と祖母は胡坐を組んで坐り、ベッド一杯の花模様の掛け布団がふたりの腰まで覆っていた。

「おばあさん、いらっしゃい、こんにちは」

「おやっ」、おばあさんは手をひとつ叩くと、楽しそうに声を挙げて笑った。まるでカササギでも見つけたようだった。炕《カン》②の奥へすこし身体をずらすと、熱い炕を叩いて私に坐るように声をかけ、もう一方の手で祖母の腰をつついた。「おばさん③、見てよ見て、あんたたちが育てた子は、なんでこんなにお利口なの。話がうまくて、顔も丸くって、見てると可愛くなっちゃうわね」

私は両手を腰に当てて壁ぎわに立ち、うれしくて笑いそうになるので、歯をちょっと喰いしばり、恥ずかしそうに祖母を見た。

祖母は褒められて身体をまっすぐに伸ばすと、得意そうに笑った。「ああ、みんなこの子の親が教えたのよ。この子も利口な性質だけどね」

「そうそう、この子の眼を見ると、とくに利発そうだわ。あなたによく似たのね、ねえさん」。おばあさんの笑顔はこぼれんばかりで、初めて知りあったように祖母をしげしげと見た。祖母は恥ずかしがって少しぎこちなくなり、笑いながら埃もついていない服の袖をはたいては、またはたいた。

私はふとひらめいた。「えっ、おばあさん、さっき私のお祖母ちゃんをなんて呼んだの」

おばあさんはすこしきょとんとすると、「なんて呼ぶったって、そりゃ上のねえさんよ」

「いいえ、さっきおばあさんは、『おばさん』って呼んだみたい。お祖母ちゃんの名前は、おばさんって言うの?」。私には思いがけない喜びだった。「ああ、お祖母ちゃん、これでお祖母ちゃんの名前がわかったわ。おばさんって言うんだ」

祖母とおばあさんはちょっと目を合わせると、ふたりでいっしょに鳩の群れを追うように、「ああ、はっはっは、ああ、はっはっは……」と大声で笑った。

「おばさん、おばさん、おばさん」。おばあさんは祖母の細い肩を何度も叩きながら、大声でいたずらっぽく呼んだ。

「そう、おばさん、はっはっは、私の名前は『おばさん』って言うの」。祖母は笑みくずれながら認めた。

ああ、私はぴょんと跳ねると駆けだし、汗まみれになって村の入り口の白い電信柱の前に立った。地面から適当に土くれを拾って、ていねいに「私はおばさんが好き！」と書いた。書き終わると、他の人が見つけて名前の上に×印をつけるのではと、ふと思った。それで、また手で名前が分からなくなるまで消し、その上に重ねて花を一輪描いた（何人かの同級生は道理もなにもなく、壁やレンガ塀に誰かの名前が書いてあるのを見つけると、紅いチョークで大きな×印をつけるのだ。学校の黒板の先生の名前は、幸いにもそれを免れたのだが）。

興奮した私はそのニュースを弟と妹に教え、伯父と伯母にも教えた。弟と妹がどんな反応をしたか忘れたが、どのみち伯父と伯母は笑ったにちがいない。伯父は私の頭をなでて、「だれがおまえに言ったんだい」と訊いた。

「わたし、さっきお祖母ちゃんのこと、おばあさんが『おばさん』って呼んだの、聞いたんだもん。すぐにお祖母ちゃんの名前だって、わかったわ」。私はまだ前歯が抜けたままの口を開け、伯父を見上げた。

「おお、そうかい」。伯父は両手を背に回して、錆びた銅の色のような顔をしわだらけにして笑った。

その年、祖母はもう七十に近く、従兄の息子、つまり彼女のひ孫が地面をはい回っていた。祖母はよく食事の後先に、片手で杖を突き、もう片方の手でその白くふっくらしたひ孫を「提げて」、村中をぶらついた。村の人たちは祖母を運がいいとほめそやし、「四世同堂」④になるまで生きたことにお祝いを言った。同い齢のおばあさんが、祖母を見かけると、そそくさとその前へ行き、左見右見《とみこうみ》すると、ふいに祖母の手を取って、さも思わくありげに声を潜めて言った。「こんなに齢を取って、まだ子どもの世話ができるの」

祖母は手を引っこめると明るく笑い、「できるわ」と言った。

納得のいかないその人は、さらに訊いた。「じゃ、孫と孫の嫁はあんたに金をくれるの。嫁はいいものを食べさせてくれるんでしょう。一片食《ひとかたけ》に何杯食べるの」

「そんな、金なんて。おんなじ家の者でしょう。ちゃんと食べて、ちゃんと着てるわよ。朝はお椀にトウモロコシ一杯、昼は小丼に汁かけうどん一杯と汁麺一杯……」

「汁麺、まあ、恵まれてるわ。まだ汁かけうどんを食べられるの、二杯も。チェッチェッ、二杯も」。おばあさんは指を二本伸ばし、半分崩れたようなVサインをずっと立てて、舌打ちを止めなかった。

祖母は幸せそうにほほ笑み、杖で地面を叩いて言った。「ほら、がきんちょや、もう遊ばないで、行くよ。おまえの母さんが畑から帰るから、家に帰るよ」。そのひ孫は口を開け、米粒のような前歯を見せて、トビハゼのように這ってきた。祖母は杖を放り、息んで子どもをしっかり捕まえると、口まで垂れた鼻水を指でぬぐい、服をめくってズボンのなかのおしめをチラッと見た。ははっ、えらいわ、まだだいじょうぶ。祖母は地面に膝をついて背中を弓なりにし、話のくどいそのおばあさんにひ孫を乗せるのを手伝ってもらった。ひ孫が乗ると、祖母はちょっと試してみたが、立ちあがる自信がなかったらしい。ついに背負うのをあきらめ、いつもと同じように片手で杖を突き、もう片方の手でひ孫を「提げ」た。そして、左見右見しながら子どもの両親と祖父母が野良仕事を終え、そろって帰るところへ連れていった……そうやって、一日は一年のごとく過ぎていった。

祖母は知らなかったが、まだしっかりしたその身体が立ち去ったあと、二本の指をVサインにした、あの話のくどいおばあさんは首を振り、ため息をついて独りごちた。「まったくもう、私より年上なのに、一片食に二杯、それに汁かけうどん」。くりかえしぶつぶつ言っていると、声がとてつもなく大きくなって、話だか疑問だか分からなくなった。黒くてしわだらけの顔を辺りのだれかれに向けては言った。「みんな聞いた、秦《チン》家のおばさんは、一片食に……」、すぐにだれかが話をさえぎった。「二杯、汁かけうどん」。その人は話に合わせる手まねもしなかったので、周りの人はドッと笑った。

祖母は十四歳で婚約し、十六歳で秦家に嫁いできた。婚約の二年後、祖父の家は祖母の実家が出した書き付けの干支を数え、祖母が十六になったので、嫁取りのために、祖父を祖母の母のところへ行かせた。祖母の母は手放すに忍びず、娘は十六になったばかりで、嫁に行くのはまだ早すぎると言った。じっさいは祖母は十四で、村の不文律では、娘が婚約するとき、夫の家は相手の娘の年齢に応じて、結納の額を決めなければならなかった。祖母の母は、そのために祖母を二歳水増ししたのだった。

祖父はさらに二年待って、また祖母の母の所へ嫁取りの話をしにいったが、彼女はあいかわらず娘は若すぎて、まだ十六だと言った。今度は、祖父の母が怒って仲人に問い合わさせた。「その娘は二年経ったのに、どうしてあい変わらず十六なの」。祖母の母は恐縮し、涙を呑んで娘を嫁がせたのだった。

祖母が秦家に来ると、私の曾祖母は快く思わなかった。例の二歳水増しして結納を増やそうとしたことのせいである。

祖母は内心では知っていたが、黙っていた。娘の身分を投げうち、苦労に充ちた嫁の生活を始めた。鶏より早く起き、牛馬より遅く寝た。昼は家族の男たちといっしょに畑へいき、刈り入れ、脱穀、籾集め、豆摘みをした。手が空くと、近所の女たちといっしょに洗濯や草取りにいった。家に帰ると、豚の世話に炊事、夜は灯りの下で繕い、機織《はたお》り、刺繍……。祖母はすべておろそかにせず、一手にやった。毎晩、家族がみな一日働いて一息入れると、祖母は炕の脇に跪《ひざまず》いて曾祖母に孝を尽くし、阿片に火をつけてやった。そう、曾祖母はそのころ阿片を吸っていて中毒もひどく、一日吸わないとクシャミをし、涙もにじんで怒りっぽくなった。

祖母は後にこう言った。「うーん、そのころ、おまえたちのひい祖母ちゃんは、髪はぼさぼさで、炕の壁にもたれて、腰にはふかふかの私の嫁入りの布団を掛けていたんだよ。顔をあっちに向けて、目を細めちゃ、スパッ、スパッと音を立てて吸ってた。気持ちよさそうだったよ」

「じゃ、お祖母ちゃん、お祖母ちゃんはなにをしてたの」

「ああ、お祖母ちゃんはね、黙ってひざまずいて、火をつけるなら火をつける、灯りを消すなら消すで、息もつけないほど、ひい祖母ちゃんに仕えたもんさ」

ああ、天地の神様に感謝。曾祖母が阿片を断てなかったおかげで、私たちの秦家は素寒貧になり、土地改良のときに「下層中農」にされたのだ。曾祖母の偉大なる貢献にぜひ感謝せねばならない。

話を戻すと、祖母は夫の家で小心翼々、黙ってせっせと働いたので、腹に一物あった曾祖母は目を皿のようにしても、なにもそのあらを探せなかった。曾祖母は寛容で度量が大きかったので、すぐに祖母の実家が二歳ごまかして結納を増やしたことを、心の中では帳消しにした。しかし、曾祖母の末の息子は忘れなかった。大家族の暮らしは人が多く考えも様々で、すべて細かくせんさく立てをする。両親が兄に嫁を取ったときにいくら使ったのか、弟たちは心で帳面をつけていた。後で自分が嫁を取る番になると、「することはしなくても、比べることはする」で、両親に「公平に水を分ける」よう、言い分を持ちだせるからだ。

ある日、祖母は家族と畑仕事から帰った。いつもと同じように、他の家族は横になったり、カマドのそばでうずくまったり、炕のそばや軒下で茶やタバコを吸って一息入れていた。祖母だけが、まな板とカマドの間を行ったり来たりして、火をつけ、調理し、湯を沸かし、麺をこね、白菜のお浸しを作った。たぶんその日の柴が乾いていなかったのだろう、麺を鍋に入れたあと、火力が足りず、鍋の湯がいいタイミングで沸かずに、何本かの麺が団子になってしまった。

食事ができあがると、祖母はいつものように台所から顔をのぞかせて、「ご飯ができました、おかあさん。みんな、食べてください」と言った。そう言うと、両手で最初の一杯を捧げもち、家の長老のところへ運んでいった（曽祖父は早死にしていた）。その後で、彼女は急いで丼と箸を出し、まな板をきれいにし、包丁を片づけた。祖父の弟たちがわっとやってきて、長い箸を伸ばして鍋から大きな麺をすくい、細かいのは残した。弟たちがすくい終わると、祖父が丼を持ってやってきた。エプロンを着けた祖母をちらっと見ると、祖母も一目見かえした。ふたりはなにも言わないが、心では通じあっていた。

祖母が言うには、もしふたりがいまの若い衆みたいに、人前もはばからずいちゃついたら、曾祖母はかならず婦徳がないと詰っただろうし、弟たちもきっと兄と兄嫁を笑い者にしただろう……。夫婦ってのは、人前では君子、人のいないとこで、仲よくするのよ。

祖父が鍋から麺をすくうとき、長い麺はもう兄弟たちにほとんどすくわれていた。祖父は箸でたいして残っていない長い麺を丼にすこし入れ、また丼から何本か鍋に戻して、祖母にちょっと目配せした。祖母は、祖父が彼女に同情しているのを知っていた。彼女がいつも最後で、鍋に残っているだけ、それも決まってわずかで、汁だけのこともあるのを知っていた。祖母は食事の支度の前に、何杯分の小麦粉を使うか、曾祖母の指示を受け、それ以上作ろうとはしなかった。余計に作るのは家のやりくりができないことを意味するからだ。家は男たちが多く、食糧が不足しがちで、年の初めも暮れのことも考えねばならなかった。祖母は、祖父の箸が麺をすくい、またさっと丼から何本か鍋に戻したのを見た。なにも言わずにすっと近よると、すばやく鍋から何本かをすくいとり、祖父の丼にからめて入れた。祖父は受けとろうとせず、二膳の箸がからみあっていたが、その眼には明らかに焦りと愛情と、いくらかの詰りがあった。祖母のみずみずしい眼はますます光り、口をすぼめ、眼を見開いて、長い睫に覆われた眼で祖父を見つめた。しまいに祖父が譲り、丼をふさいでいた箸をどけて、祖母のなすがままにした。そのとき、弟の一人が大きな音で鼻をかんで咳きこんだ。注意を促し、不満を表す咳だった。祖母は驚いてさっと離れ……祖父はちょっとポカンとすると、やはりさっと離れた。離れるとき、その長い麺はまた彼が鍋に戻した。

祖母が丼を持って鍋の前にくると、澄んだお湯のなかには、なんとまっ白い麺が浮いていた。祖母はぐっと胸が熱くなってさっと頭を反らすと、強く鼻をすすり、天井板を見た。辛さと苦さに甘さが入り交じった涙を懸命に腹に呑みこみ、抑えきれなかったものは、首と襟に吸わせ、すべてを汗のせいにしようとした。

祖母が丼を持ちあげるやいなや、別の弟が庭でさけび、罵る声が聞こえた。「おい、楊二歳《ヤンアルスイ》、こっち来いよ」

家で祖母以外には、ふたりと楊という姓はない。楊二歳、それはもちろん祖母の名前ではなく、その弟はわざと祖母に思いださせたのだ。彼はいつも腹を立てる度に、それを持ちだした。忘れるな、おまえはこの家に二歳分の損をさせたんだと。

「楊二歳、さっさと来いよ、この飯はなんだ。損ばかりさせて、ご立派な奴め。わしが死ぬほどくたびれて働いたのに、わしに生の団子の麺を喰わせやがって」。彼は不意に麺を一本、彼女の顔に投げつけた。彼女は顔を背けてその怒りのはけ口を避けたが、その弟には最近縁談があり、女の家が示した結納の額が高すぎると言っているのを知っていた。

祖母は顔を下げ、黙ってその弟の罵りを聞いていた。秦の家は大家族で、老人を除いて家で発言権があるのは男であり、その次にやっと嫁の番になるからだ。

鶏が一羽その周りにいて、さっきからあちこちうろつき、しばらく狙いを定めていた。鶏は、まず突如投げつけられたものに慌てて飛び立ち、木の叉で一息つくと、地面に自分を誘惑する麺が一本あることを発見した。願ってもないチャンスと、飛び降りたが……同時に、祖父も麺に飛びついたのだった。

必勝態勢の祖父は、もちろん怖気づいた鶏に勝った。笑い話だが、鶏はその麺をだれの妻が作ったのか見ていなかったのだ。

彼が麺に飛びついた原因はもうひとつある。それは麺ではなく、弟が兄嫁に見せる有力な「罪証」であり、けっして自分の母に見せてはいけなかった。それは嫁の一生の「動かぬ証拠」となり、彼女を抑えつけ、その家で羽を伸ばせなくさせられるのだ。

彼らの庭の騒ぎは、部屋で食事をしていた曾祖母を驚かせた。彼女は「オッホン」と声を上げて暖簾《のれん》をめくり、部屋から威儀を正して出てくると、ちょうど私の祖父が首を伸ばし、喉を詰まらせながら、草やホコリのついた生の団子状の麺を呑みこんでいるのを目にした。曾祖母は四の五の言わず、腹を突っぱって兄嫁に文句を言っている息子の前に行き、風のような速さで落ち着き払って彼にビンタを一発喰らわせた。「兄嫁は母みたいなもの、覚えておきなさい。この家にわしがおれば、わしがえらい。わしがいなくなったら、長男でなければ、兄嫁なんだ」

曾祖母は祖母のところに来ると、冬のセミのように震えている祖母の手を取った。「嫁や、なにかあったら、母さんに言うんだよ、母さんがしつけてやるから。どこに天地をひっくりかえし、兄嫁の前で、けちをつけようなんて道理があるもんか。なっておらんわい」。曾祖母は、また声を高くして宣告した。「これからは、ねえさんに失礼を働いたら、わしにそうすると同じだと思え」。祖母の眼は、もう氾濫する流れをせき止められなかった。ああ、もういっそのこと流れるに任せよう。

一九四二年、河南は大災害で、家を洪水で壊された難民がどっと陝西に押しよせてきた。毎日玄関戸を開けるや、戸口に坐ったり、横になったり、物乞いに歩いたりするのは、みな気の毒な河南の人だった。それまでは、村人は施しをして救済していたが、後では難民がとても多くて、イナゴのように一群れ、また一群れと来たので、村人は寄合いでこう決めた。これからは心を鬼にして、だれが訴えようと戸を開けない。さもないと、みんながいっしょに物乞いに行かねばならなくなるから。

祖母は決まりを破った。戸のノッカーがカンカンと鳴ったとき、はじめは相手にしなかった。もう一度鳴ると、いたたまれなくなった。祖父は祖母の腕を抑えて、この戸を開けたら、おまえは村で生きられなくなるぞと言った。

私が肉断ちをして施しをするのは、見栄のためじゃない。今日、この戸を開けなかったら、私は一生、人として申しわけが立たなくなる。私はまっ先に自分を許せなくなるのよ、祖母は答えた。

戸を開けると、若い母親が女の子をひとり連れていた。その子は地面に横になって、息は吐けても吸えなくなるほど飢えていた。その母親は祖母に食べ物を乞うた。祖母はそれに応じた。しばらくすると、祖母はまた戸を細目に開け、手招きをすると、子どもにだけお粥を一碗与え、その母親に飲ませるように言った。

翌日、ふたりはまた来たが、他にどうしようもない。その他の家の戸は開かなかったから。祖母はこっそりとまた与えた。

二日して、彼女たちはまた来た。その子はふらふらと歩けるようになったが、祖母を一目見ると、山鳴りのように哭いた。その母が病気になったのだ。祖母はふたりを薪を置く場所に連れていってかくまい、毎日食べ物を与えた。その母はしだいに良くなり、子どもを連れていくとき、もう巻きぞえにするわけはいきませんからと言った。すでに状況は分かっていたのだ。祖母は彼女たちに携帯食糧を持たせ、涙ながらに見送った。

何日か経った朝、祖母が鍬を担いで畑に行こうと、門を開けると、大人と子どもが並んで土下座していた……例の母子だった。母親は受けいれてくれる家（嫁ぐのだった）を見つけたが、その家は全身できものだらけの子どもを引きとろうとはしなかった。その子が回復しないまま死ぬと、縁起が悪いからだ。しかたなく、その母は子を連れてここへ戻り、祖母に引き取ってもらおうとしたのだ。「これから私は、まったくこの子を生まなかったことにします。生きるかどうかは、この子の運に任せます」

祖母は情にもろかった。家は大家族で食糧は足らず、半年は糠と野菜、半年は粥だったが、人が死ぬのを見て救わずにはいられなかった。祖母は心配して、その子のために医者を探し、治療し、毎日ご飯を口に含ませ、背負い、教えて、死にかけた三つの孤児を開くのを待つばかりの花に育ててあげた。彼女が、つまりは祖母の養女の末の伯母である。祖母は彼女を可愛がり、だれであれ、その子の身の上を取り沙汰するのを許さず、全力で生みの母に捨てられたその子を守った。

その伯母は、祖母について刺繍や機織りを覚え、人となりを学んだ。後に、祖母は彼女のためにいい嫁ぎ先を見つけたが、夫婦仲がよくて、子だくさんだった。面白いことに、多くのおばのなかで、その伯母がもっとも祖母に似ていて、しかも年を取るほどますます似てきた。一九八八年、伯母が私の家に来て、胡坐をかいてお茶を飲み、お焼きを食べている姿は、まったく若いときの祖母そのもののようだった。

　伯母はお茶の茎を噛みながら言った。「似ている、そうでしょう。おかしいって言うけど、私がどこに行こうと、知り合いもそうでない人も、私がだれって言わなくても、母さんといっしょにいれば、親子だって言うわ。私と母さんは親子になる縁があったってことね。神様が母さんの形に私を作ったのよ……」

　残念なことに、その伯母は寿命が短く、六十歳になる前にこの世を去った。悲報を知らせにきた人が言いおわるや、父は目蓋を赤くした。彼はその人と知らせを聞いた人たちに、くれぐれも祖母には言わないようにと言いつけた。祖母が逆縁に耐えられないことを心配したからだった。しかし、祖母はそれでも知ってしまった。その数日間、彼女はいつも胸を押さえて「胸が痛い」と言った。また、いつも伯母を夢に見るし、目蓋がひどくピクピクするとも言った。「母さんは死ぬんじゃないか、この何日か寝なくても、なんともないんだよ」と父に話した。父は言葉巧みになだめたが、祖母はかえって、間に合わなくならないよう、早く経帷子《きょうかたびら》を作ってほしいと、父にくどくどと頼んだ。

　父が焦って口にした言葉が、「わかった、わかった、こんがらかさないで。母さん、あんたじゃないよ、母さんは元気じゃないか」だった。

　話はここで止まり、祖母の顔色がさっと変わった。「なんだって、おまえの姉さん、姉さんがどうしたって」

伯母の埋葬の日は、みな祖母に斎場に行かないよう勧めたが、祖母は聞かずに、八十近い高齢なのに、纏足の足で何十里もの道を歩いた……母親は娘のためには気を強く持たなきゃと言って、伯母を送ったのだ。斎場の前で、祖母は新しい棺を叩いて腸《はらわた》がちぎれんばかりに泣いた。「かわいそうに、娘や、運命からは逃れられなかったんだ、おまえはどうして、こんなに冷たいの。この世でちょっと遭ったと思ったら、母さんさえ捨ててしまうなんて、呼んでも応えない、母さんがおまえを思ったら、だれが応えてくれるの。ああ、ああ、ああ……」

「紙銭を燃やして泣いたって、戻らないわがまま娘や、冥府に旅だってしまって、困ったら呼んでおくれ、母さんはおまえの伴をするから、黄泉路のいい連れにしておくれ」

人々の眼から涙がしたたり落ちた。


曾祖母が亡くなった後の酷暑の夏、末の大叔父が河遊びに行って溺れた。遺体は河から上げられて村の口に置かれ、村には入れなかった。若者が死ぬと鬱気が強く、村に入れると人にまといつくからと村人は言った。祖母は、どうであれ大叔父に経帷子を着せてもらうために、徳と人望の高い老人を招いた。老人は前日はふたつ返事で引きうけたのに、翌日は心変わりした。理由は、近場の若すぎる死者は不吉だからということだった。親戚、友人、隣組に一渡り当たってみたが、だれもそれを引き受けようとはしない。しかし、みな口は達者で、腕組みをして意気盛んに言った。「天の神様は、けっきょくのところ、おれらの兄弟に裸で来て、裸で行かせちゃだめなんだろう」……おまえがやれ、おれはちょっとと言う間に、祖母は立ちあがって言った。「私が行く、私は怖くない、自分の家のきょうだいだもの、なにが怖いもんか」

家族はすぐに振りむくと、彼女を止めた、「だめだめ、あんたは兄嫁だから、ふさわしくないよ」

祖母は言った、「母さんが生きてたとき、兄嫁は母みたいなものって言ったことがある。私はいちばん上の兄嫁よ。いま母さんがいないんだから、私が行かなきゃ、だれが行くの」

阿弥陀仏。末の大叔父の遺体は、祖母の主張と強行突破によって村に運ばれ、龍王廟のなかに安置された。親族一同が会葬し、その十八に満たない末の大叔父を深く埋葬した。祖母の名声と声望は、それで一気に高まったのだった。

年月の推移につれて、祖母は以前の「秦家の長男の嫁」から「秦家のおばさん」、「秦家のお祖母さん」になった……。

祖母の緑の黒髪には歳月の霜が降りつんだ。だれもその姓名を訊かなかったし、訊いたとしても、私をあしらうように彼らをあしらった。祖母はなぜ自分の名前を言わないのか、私はずっと不思議に思っていた。祖母が亡くなった後、私はきょうだいたちとその理由を考えたことがある。祖母の時代の人の考え方では、下の世代の者は男の家長の名を覚えれば、それでよかったからだとか、女の名前は重要ではなく、だから族譜には書かない、ふつうは「秦X氏」と書くんだとか。あるいは、祖母の心には、二歳水増ししたことが、終始気にかかっていたからだとか（嫁ぎ先に伝えたのは他の人の名前だったのか）。また、あるいは祖母は「秦楊氏」と呼ばれる方が好きだったからじゃないかとか。あるいは、祖母の名前は両親が適当につけたので、人前で言えなかったのかとか。それから、もうひとつの考え方は、祖母の考えは保守的ですこし照れ屋で、また謙虚でもあったから、子や孫たちがその名前と陰徳を知り、ひけらかすのを虞《おそれ》れたというのもあった。その考え方の根拠は、祖母は生きていたとき、祖父母と上の世代の家族のことを尋ねても、いつも答えようとはせず、とくに祖母の善行については、何度促しても眼を細めて両手を振るか、片手で口と鼻をおおってこう言うだけだったことにある。「いやもう、恥ずかしいって。言わない、言わないよ。訊かないで、訊かないで」。強く尋ねると、祖母はちょっといたずらっぽく両手を合わせ、ニコニコして拝んだものだった。「いい子だから、かんべんしておくれ、お祖母ちゃんはお前を拝んで、感謝するから」

もろもろの可能性を検討した結果、私たちは一致して、最初か最後の推量に傾いた。それは祖母の性格に、より相応しかったからだ。

祖母は頑固な人で、およそ彼女が決めたことは、だれにも変えられなかった。名前に対しては保守的で、名乗るのを拒んだことで、彼女は永遠の推量を後代に残した。大叔父の連れ合いが「おばさん」と呼んだのは、その子どもの世代から自分の上の義理の伯母を呼んだのだと、私はすでに知っている。叔父と父は、祖母の名前に関しては祖母と高度な一致を見せていた。

祖母の三周忌のとき、私たち孫は何人かで協力して、祖母のために厚く重い墓碑を立てた。碑文は私が起草した。碑の正面の名は、もちろん「楊おばさん」ではなく、「秦家楊夫人之墓」とした。碑を建てる前の何日かは風雨が強かったが、当日は風が和らいで、うららかに晴れた。私たちは土を掘り、セメントをこね、碑を垂直に、深く埋めてきちんと仕上げた。しかし、いまは土地の流失が早いので、いつかは見つけられなくなるかもしれないと、みなひそかに心配した。

だいじょうぶ、私はもう祖母の頌徳碑を自分の心の沃野に植えつけたのだから、永遠に。

訳　注

①大叔父の連れ合い＝原文は「母方の祖母の兄弟の妻」を意味する基本的な親族名称であるが、やむなくこう訳した。

②炕＝中国式オンドルのこと。華北で家屋の一部を煉瓦で積み上げ、中を煙が通るようにして火をたく暖房設備。

③おばさん＝原文は、自分の子どもにとって父の姉妹に当たる「あなたの伯母」という言い方だが、日本語の親族名称は父方と母方をまったく区別しないので、指示範囲の広いこの語を用いた。

④一軒の家に、四世代の者が一家族として同居しているのをいう。

世《シー》賓《ピン》

一九六九年生。原籍、広東省。詩人、文芸評論家、散文作家。代表作に、詩集『海の沈黙』、評論集『批評の尺度』などがある。本作で、第三回広東省九龍江散文賞受賞。

初恋、他者と時間への入り口

小学生のとき、私はもうなんとはなしに何人かの女の子を好きになっていた。たとえば、隣の席の呉雅麗《ウーヤーリ》とか、隣のクラスの温妮《ウエンニ》。いつもはにかんでいるのに、ときに私に親切でおっとりしていた欧陽潔《オウヤンチエ》。そう、彼女は担任の先生の姪だった。それに、夏美村の村長の娘。彼女はちょっとプライドが高く、髪を二本の長いお下げにしていて、健康そうできれいだった。ある子はきれいだから、ある子は成績がいいから。ある子は他所で私をほめ、それが私の耳に入ったという理由で、好きになったのだ。その頃の「好き」は、ふつうは心に秘めていて、表に出すのは恥ずかしかった。もし、表したとしたら、それは気持ちとは相反した行為になっていたことだろう。たとえば、彼女をいじめたり、度を越して殴ったり、お下げを引っぱったり、わざと人前で彼女の悪口を言ったりとか。そのうえ、別な理由で、すぐに他の人を好きになっていたことだろう。好きと言っても、それは関心を持つということで、気にしたり心に留めたりするにすぎなかった。風のようで、ちょっと吹きすぎると、たちまち消えうせてしまう。あるいは、雨がもたらした気まぐれな涼しさのように、あっという間に蒸発してしまうのだった。彼女たちは私の幼少期の心に、喜びや悲しみの痕跡を留めなかったが、しかし、たしかに存在し、想い出に残り、つかの間に過ぎてしまった少年期をひそかに慰めもしてくれた。ただ長い歳月にすり減らされた心においてのみ、すでに消え去った時間の中から、記憶が彼女たちの力を改めて取りだし、ごたごたした世事のなかで、心のヒダに畳まれた彼女たちの痕跡を新たに蘇らせてくれるのだ。彼女たちの存在は、日増しに孤独になっていく我が身を慰めてくれる。少年時代、私はいつだって思慮分別というものがなく、愛らしい若芽は乾いた種のなかで、まだ水分を十分に吸収せず、深い眠りから目覚めていなかった。

中学生のとき、恋愛らしきものが一度あった。体の変化は、まるで春に存分に水を吸って抑えきれなくなった種のように、一本一本の毛むくじゃらの触角が外に向かって、もの珍しそうに小さな頭をもたげはじめていた。孤独な少年が、だれもいない片隅で、体のなかに天地がひっくり返るようにしてたち現れるその奇跡を数えていた。

それは前世紀の八〇年代はじめのことで、私は十二、三歳だった。私の体以外は、世界はひじょうに落ちついているように思えた。それは記憶では夏のことで、空は晴れわたり、空気はいまのように粘っこくなく、澄みきってきれいだった。がらんとしたバスケットボールコートと傍の村道は、通る人もまれで、村人と水牛は大きなガジュマルの木の下で木陰の涼しさを味わっていた。セミが村中の森で鳴きしきり、かえってそれが少年の身を置く世界の寂しさを深めていた。

村の入口には露天の肥溜めが無数にあり、ごく低い石積みの塀に囲われた深い穴は、糞尿と雨水でいっぱいになっていた。便所にはハエがブンブン飛びまわり、大便に群がってご馳走にありついていた。私は肥溜めの上にしゃがみこみ、激しい日射しと悪臭をものともせずに、一心不乱にいつの間にか生えだした何本かの陰毛をしさいに点検していた。その淡い黄色の柔らかな陰毛は、成長を待ちのぞんでいた少年にとって、かえって敵の要塞につき刺した旗であり、全身の細胞の士気を鼓舞し、天地を揺るがさんばかりの歓呼の声を上げていた。それは時間との戦闘において、すでに格別な勝利を上げたことを意味し、私は自分の成長を感じ、力が自分の身体に到来したのだと感じた。

そのころ、自分の考えを持っていそうな同級生たちと私は、よく夜に家からそっと抜け出し、学校のプールの傍の草地に集まった。酒もなくタバコもなく、ただ話をするだけだった。武侠小説や生かじりの歴史のことなどを、もっと知らない広漠たる星空を指さしながら話したものだった。そのころは農業用水の争いのために、村同士でよく武闘が起こっていた。しかし、私たち同じ学校の少年は、齢がいかないので、それに巻きこまれることはなく、青臭さと未知の世界への共通の憧れのために、兄弟のように仲よく群れ集った。ときには自分の愛情について語り、恋愛していない者も片思いの相手を告白しなければならなかった。彼らの勇敢な行動と赫赫たる戦果は私の背中を押し、私も片思いの相手を打ち明け、そのきまり悪い思いを男としての行動に移さねばと、ひそかに決心したものだった。

成長期の時間はゆっくりしていて、いつも待機のなかにある。幼児のときから、母の哺乳瓶を待ち、下校の鐘の音を待ち、会うのは承知してくれても、なかなか来ない人を待ち、満足な結果があるとはかぎらないストーリーの始まりを待った。幼児のころは、自分と世界が分離しているとは思わなかったし、視線と身体の触角を自分の世界の外に伸ばすこともなかった。自分と世界は一体となって融けあっている、言いかえれば、自分の世界はまだ分化せず、混沌としたものだった。しかし、その世界はごく狭く、自分の周りの物だけで、身体と本能でその世界と交流しているにすぎなかった。たとえ、本や映像で外のことを知り、別な世界の存在を一瞬感じとったとしても、すぐにまた自分と世界との関係を閉ざしてしまうだろう。たとえ、他者の存在を意識し、彼らと関わり、そこで慰めと称賛を得たい、あるいは彼らと遊びたいと思っても、それは自分の存在を意識したにすぎず、必要とされるのは安全と楽しみの方だった。幼児の身体には自分の世界しかなく、自分がすべての行為と興味の中心であり、他者の世界はけっしてまだ自分の生命のなかで展開してはいない。

四十年後に人生を振りかえると、かえって時間の流れの速さがわかる。もう二度となにかを待ち望まなくなり、静かにひとつの場所にいるだけで、満足かどうかに関わらず、その場所がまるで運命の結果でもあるかのようだ。そのような思いは、過去の時間と経歴（それは追求し代価を払ったものだ）がもたらしてくれるのだ。そのときは、自分の歩んできた路を意識し、時間の終わりをも意識する。それに対して、少年のときはまさに路上にあり、路はでこぼこで、つまずきやすかったが、自分の来た路を意識することはない。それはたぶん「廬山の山中にあって、廬山の全貌が分からず」ということなのだろう。そのときは、時間の終わりを見はるかすこともできない。まだ終わりははるか遠く、ただぼんやりしていて、大まかな未来しかないからだ。そのとき、線としての時間は、果てしのない広野が眼前に展開されているかのように、空間に変換されていた。しかし、いますでにここに至ると、終わりはもう見えてきたような気がする。すくなくとも、私はこれから行く場所がどんなであるかを知っているし、期待と想像はけっして若いときのように内心で荒れ狂いはしない。時間というものは、なにものも変えることはない。それはただの概念であるか、一種の感覚にすぎない。もし、いま時間を論じるのなら、むしろ行動を論じた方がいいだろう。時間は行動の中でこそ延びたり縮んだりするからだ。四十年後、ゆっくりと身を置いてきた世界から脱けでてみると、一粒の砂のようにひどく孤独である。どんなに分け隔てなく親密な間柄でも、私たちはやはり隣りあった二粒の砂だ。そして、ようやくはっきりと自分の存在、つまり世界の中心としての子どもの存在意識とは異なった、外部の世界に依存している自分の存在を意識するようになる。世界は苦痛や無視、喜びを与えてくれ、それらによって自分の存在と区別される。そのような発見は、長い時間と無数の大衆のなかで、砂漠のどんな砂粒も砂漠の中心ではないのと同じく、自分は世界の中心ではありえず、砂と砂漠の関係のみが永遠の関係であると、ようやく意識するのだ。遠くを眺めれば眺めるほど、自分の取るに足りなさが見えてくる。

しかし、十二、三歳のころは、時間はまだ私の身体においてストーリーを展開していなかった。時間としての日々は空間に転換され、私は一日、また一日という空間のなかで生きていた。それらの空間はあい変わらずほとんどが孤立していた。それらは十分に緊密にはつながってなく、今日の苦しみは寝たらきれいさっぱり忘れられ、その日の夜明けはその一日の箱を開けるだけだった。しかし、十二、三から、遅くても十六、七という年齢は、まさに時間のはじまりに直面する。なぜかというと、時間は過去、現在、未来の総和であり、三者が同時に存在してはじめて、人間にとっての時間の観念を構成するからだ。しかし、十二、三以前の子どもは、「現在」という空間に身を置くことができるだけで、「過去」はつかの間であって、「過去」に対してまったくなんの考えもない。昨日がどうだったのか、つらかったか、楽しかったか、苦しかったかなどとは気にしない。気にするのは「今日」だけであり、いまこのときなのだ。年かさになるにつれ、ときたま「未来」の影がパッとかすめるが、それはごく短く、しかも曖昧ではっきりとはしていない。ただ彼らは「未来」につながる人やものごとに接することによって、はじめてほんとうに「未来」への想像が開け、時間の通路に入ることができるのだ。

私には初恋が二度あった。そんな言い方が成りたつのか、それとも、どちらかひとつが初恋なのか、どうか賢明な読者に教えていただきたい。

十二、三歳、私はある農村の中学に通っていて、青春の萌しと同級生たちとの互いの励ましが、好きな女生徒と友情（その表面の下には、愛情と性欲が交じりあった未知の感情があった）を結ぶよう私に決意させた。その道のベテランなら、ひな鳥がそういうことをするときの内心の嵐をきっとご存知だろうと思う。生理的には、頭に冷汗が吹き出て手足が震え、心臓は突撃の号令の度に、ドッキンドッキンと戦いの太鼓を打ち鳴らす。心の中の烈士はだだっ広い街中でときの声を上げながら、すくんでいる坊やを励まし、親と学校が担がせたカバンを放り出して勇敢に突撃し、敵に向かって（その愛情のトーチカに）爆弾を投げつけるのだ。彼らは長い日々と夜々の苦悶のあと、ついにちいさな一歩を踏みだす。びくびくしながら短い手紙を書き、それを女生徒の筆入れに入れ、おずおずと数学の問題を教えてもらえないだろうか、などと彼女に尋ねる。八〇年代の田舎の恋愛というのは、そんなふうなものだった。幼い頃のコロコロ変わる水に映る月のような私の「好き」は、すでにある具体的な人に固定され、しかもそれは生涯変わることはないと決意していた。私は朝日に照らされたグランドの端で、しばしばその女神が自転車に乗ってくるさっそうたる様子を想像した。毎日彼女がさいしょに私の眼に入るのは、校門に入ってくる瞬間だった。白いブラウスに、赤か緑のぴったりしたベルボトムのズボンは、もうすっかり発育したその身体（彼女はクラスで胸の突きでている二人の女生徒のひとりだった）を際立たせていた。髪をポニーテールに結び、肌の白い顔はこの上なくくつろいでやさしく、隠しきれない喜びをたたえているかのようだった。彼女は真新しい鳳凰ブランドの自転車に乗って、あっという間に私の眼の前を通りすぎ……

私たちは筆入れと本を使って、ひとつの学期のあいだ文通をした。教室にだれもいないとき（休み時間や体育の時間、あるいは昼休み）、だれにも気づかれることなく手紙を相手の「郵便受け」に入れることができた。手紙の内容はまったく情欲とは無関係で、すべては興味、趣味、知識など精神的な話題だった。そんな痛くもかゆくもない話題のなかに、かえって限りない期待と喜び、信頼とたしかな愛情を私たちは封じこめ、隠しいれた。手紙を待つのは、ちょうど囚人が暗い牢獄のなかで、ある時刻に高い壁の上に一条の光が射しこむのを待っているようなものだった。その短い時間に、私たちは同じ信頼と楽しみを与えあった。私は教室で休み時間にふざけたり、友だちとしゃべったりしているとき、私に注目している彼女の視線を感じることができたが、それは称賛だったり叱責だったりした。その眼差しは、大人の価値判断でも功利的な損得の表れでもなく、純真なまだ成熟していない少女の善意からでた天性の一瞥だった。私は一日中おとなしい子どものように、まばゆい日射しを浴び、先生の激しい叱責だろうと、問題児たちの騒ぎだろうと、われ関せずで、そよ風の吹く自分の世界にいることを好んだ。手紙の交換のなかで、彼女は私の求めに応じ、一寸大の写真を挟んでくれたことが一度だけあった。長い髪を肩に垂らし、明眸皓歯《めいぼうこうし》①、鼻筋が通り、唇はふっくらとしていて、齢よりは成熟した様子をしていた。その写真は私のどれかの本に挟んでおいたはずだが、いまは探し出すことができない。その女生徒が転校したあと、それは数年私の回想と雑念の入りまじった時間に連れ添ったものだったのだが。

彼女は中学二年が終わったあと、両親に連れられて他の土地に転校した。文通とたがいに思いあった日々、私たちはふたりきりで過ごしたことはなく、手を取ったこともなく、抱きしめたことなどさらになく、友だちのように話したことさえなかった。手紙、それら表面的で、生命と欲望と愛情のない文字を通すことによってのみ、自分たちのために、もうひとつの世界を築いたのだ。その世界は学校の世界と重なってはいたが、たがいに属することはなく、まるで同じ時空に存在しないかのようだった。その世界では、私たちは見知らぬ人間ではなく、学校の規則に縛られ、気持ちが通じたことのないクラスメイトでもなく、気心の知りあった親友だった。ともに相手に近づき、心を開きたいという渇望を抱いていたが、恥ずかしさとためらいが、たがいに一歩を踏みだすことを止めていた。その世界はやはり狭く、より広い世界とまだつながっていなかったが、秩序の外にあって、その奥深い暗さと魂を揺さぶる力は私たちにもうひとつの空間を開いてくれた。もしかしたら、束縛の強い外部の環境が、私たちにもう一歩近づきたいという切なる願いと想像を消失させたのかもしれない。私たちは恋愛をする普通の若者のように顔や耳を赤くすることもなく、求めても得られない渇望につきまとわれて苦しむこともなかったのに、すでに鉄板のような制度を越え、他の人がかつて有したことのないのどやかさを手に入れ、歓びを感じていた。一粒の雨露だけで、私たちの求めるところ少ない心を潤すには十分だった。私たちは自分が創造した世界でひそやかに互いの驚きと喜びを交換した。私たちの交際は心の中だけで成立していた。つまり、私たちの愛情は形而上の精神空間にのみ存在していたのだ。形而下の物質的な形は作らず、愛を訴えることもなく、たがいに肉体的に許しあうこともなかった。それは私たちの愛情を空中に漂う香しい気体にし、現実的な接触のない少年の心にとってあまりに魅惑的で、また、その由来と存在をしっかりと把握する術もないものだった。また、私たちの愛情は物質的な形をとらなかったために、言葉による確認はおろか、手を握ったり、キスをすることさえもなかった。もしそうだったなら、若いふたりの生命はより奥深い交わりになっていたことだろう。もちろん、精神的に未熟だったので、より深い交わりは、風のように生命のなかで水の泡となって消え去ってもいただろう。しかし、生命の新しい歴史の始まりにおいて、物質的な形の欠如は、私たちの生命が一歩前へ踏みでることを遅らせたのにちがいない。

中二の冬休み、もう春節も間近の頃、私は家で母が正月の料理を作るのを手伝っていた。そこへ隣の同級の女生徒が、私たちの鎮を離れ、他所の土地で学校へ通うことになったと知らせにきてくれた。彼女は、翌日駅で会うことを私と約束した。高いビルがなかったあの頃、駅は鎮のランドマークになる建物だった。人が行ったり来たりしていて、騒々しさが私たちの落ちつきのなさを隠してくれ、会うことの恥ずかしさを慌ただしい足音が埋めてくれた。私は心臓をドキドキさせて、約束の場所で彼女が来るのを待っていた。遠くから、彼女が自転車に乗ってやってくるのが見えた。私はどぎまぎし、照れくさく、どうしたらいいかわからなかった。恋人と会う喜びなど、かけらもなかった。そのデートは、まるで負担や義務ででもあるかのようだった。彼女は自転車を引いて、少なくとも私から一・五メートルのところに立ち止まったが、私は前へ行かず、自転車を支えにいこうともしなかった。私たちの話は味気なく、空っぽで、あっという間に終わり、路で思いがけず出あった知り合いが一言、二言雑談をしているようだった。彼女の問いかけに私は照れて言葉少なに応じ、羞恥と味気ない思いから、いっそのこと早くその待ちあわせを切り上げたいと思いさえした。彼女は少女らしい気持ちと別れの感傷を抱いてきたのだと私は信じている。しかし、艶めいた期待を抱いていた私の心は、そのときかえって固く閉ざされ、自分を完全に現実の秩序に委ねてしまった。生活の秩序に自分の羞恥と鈍さを差しだし、思うままに処分させた。私は臆病者のように自分を恐怖の殻のなかに閉じこめたのだ。かつてあった軒昂たる意気と幸福を追求する勇気は跡形もなく消えうせ、私は愛情とはなんの関係もない人間になった。私ははるかな高みに漂ってにぎやかな雑踏を見下ろし、地上のその色気づいた一対の若者を無視しさえした。私の言葉は答えにならず、中身はうつろで、しまいには辺りをきょろきょろ見回した。その反応はきっと彼女を失望させたにちがいない。彼女は一冊のノートと万年筆を記念に贈ってくれたので、私はあとで、彼女と仲のいい女生徒に頼んでプレゼントを返した。たったそれだけで、私たちの友情は幕切れになった。二年後、私たちはまた途切れがちに一年以上文通をしたが、やはり男女の語らいにまで及ぶことはなかった。私たちの間には、クラスメイトという以上に深い友情と恋しい気持ちがあったが、内心の気持ちを訴えることはなく、一言半句の同意もなかった。恋愛の世界は言葉で形作られず、行動で作られもしなかった。ただ秘められた意識のなかに、かすかに、おぼろげに存在するだけだったのだ。

それは私の初恋なのだろうか。私はかつてそうだと思っていたが、どうもなにかが欠けているようだ。愛というのは、打ち明けることが必要なのだろうか、相手の同意が必要なのだろうか。言葉や行動や肉体的な形がないものは、愛情なのだろうか。それは愛する気持ちにすぎないのだろうか。愛する気持ちというのは（双方がその存在をたがいに感じとったとしても）、純粋な愛情の表れなのだろうか、それとも、それ自体は愛情の深さに達しないものなのだろうか。ただ愛情の心中の萌芽にすぎないのだろうか。肉体の欠如は、愛する気持ちを荒野にさまよう霊魂のように憑《よ》りつく場所をなくさせ、それをいつでも時の風に吹き散らさせ、記憶の手がかりのないところに失わせてしまう。それは、ほんとうにはまだ愛情とは言えないのかもしれない。というのは、その頃の気持ちにおいては、愛はあったし、それを反芻もしたけれども、それはまだ相手のために喜んで犠牲になる責任と勇気を呼びおこさなかったからだ。想像によって相手の存在を意識したとはいえ、責任や犠牲、独占したいという欲望が欠けていたので、相手の存在は幻想に終始してしまったのだ。他者を発見し、そしてその人といっしょに未来を過ごしたいと渇望すること、他者と時間だけが心中に存在すること、それこそが初恋の始まりを意味するのだと私は思う。

他者というのは、ほんとうの恋愛が始まる前には現れない。私たちは血縁と家族愛で構成された自然の関係のなかに閉じこめられている。私は自我の核心であり、その周りを両親、きょうだい、祖父母が取り囲んでいる。同級生、隣人、知り合いなどは補助的な、あってもなくてもかまわない存在だ。自我の外は、すべての存在が自然そのものであり、他者の存在の来歴や行方を気にかけることはしない。しかし、ほんとうの恋愛が始まるや、昼も夜も頭のなかに相手の形象が立ち現れ、愛によって自分と相手に深く肉体的にも結びつく関係を与える。他者が自分の命のなかで生きはじめ、深々と自分の生命と結びつきはじめるのだ。

一九八五年、私は故郷のある師範学校で学んだ。中学のときのぼんやりした愛の気持ちはすでに意識の中ではあいまいになり、彼女たちとは完全に昔のクラスメイトの関係になっていた。私たちはたまに文通することはあっても、学校生活のことを話すくらいで、まったくごく普通の関柄だった。以前の思いは消えさった煙のようにますますかすかになっていった。ちょうどそのとき、隣のクラスのある女生徒が私の視野に現れてきた。きれいでほっそりして、憂いがあり、

『紅楼夢』の林黛玉のようで、文学青年の想像にぴったり適っていた。私たちは文学サークルでいっしょに書いたり編集したり、郊外に出かけたりして、文学好きの仲間たちと深い友情を結んだ。グループのなかで私はいつも彼女に注目し、その一つひとつの表情に心惹かれていた。きょうだいのような感情のやりとりのなかで、私は彼女ともっと内密で、心の通う関係になることを強く望んだ。その切なる願いは、生命の抑えられない呼びかけから発していることに私は気づいていた。彼女の存在は、私の生命のそれまで霞んでいた暗い空間を一面の火のように照らしだした。彼女はすべての隅々の狭隘さと広さを照らしてくれたし、より広い空間への突破口が開いていることを指し示してもくれた。私はロマン主義的な手法で彼女に手紙を書き、彼女のために燃え上がりそうな気持ちになっていることを打ち明けた。ときには七、八枚の原稿用紙に長編詩を書き、人が心配するほどの様子と果てしのない思いを打ち明けた。ときには、彼女の名前を単純だが胸いっぱいの激情を抱いてくり返し書き、ふたつの無関係な漢字を心震わす音楽にしたてあげた。ときには、小声で綿々と切りもなく自分の気持ちを吐きだした。一方では、生命の新しい局面が開いて別な生命が立ち現れるのを感じ、もう一方では、そうなればなるほどいっそう孤独を感じた。その孤独は、私に彼女の笑い声、同意、ため息ひとつさえ聞きのがすまいとさせた。彼女から伝わる情報だけが、ますます空っぽになる心を満たしてくれたからだ。私の思いは後から後から湧きだし、彼女の返信があろうとなかろうと、手紙を次々に絶えることなく、一日に何通も書くことができた。洗いざらい訴えることだけが、私の沸きかえる気持ちを鎮めることができたからだった。

私が手に入れたお返しはけっして多くはなく、濃密でもなかったが、私はそれを少女のはにかみと解釈した。彼女からはたまに二言三言の短い返信があった。しかし、それは我が身を顧みずに自分たちの愛情を想像し、夢見させるのに十分なほど私を興奮させた。私たちは同じ学校の別なクラスにいるとはいえ、手紙は郵便局を通さねばならず、四、五日迂回して、ようやく校門の郵便受けに届いた。私は毎日郵便受けに行っては、想像においてごく内密で、狂喜乱舞させる手紙を探しにいき、彼女の何日か前の気持ちを理解するのだった。ときには、その日の集まりで顔を合わせ、たがいに怒ってしまっても、帰ってから、何日か前の手紙では彼女が嬉しいときに甘い言葉を書き残していたことを発見した。そして、またすべての希望が改めて明々と燃えはじめるのだった。そんなときは、いつだって限りない驚きと喜びを抱いたものだ。私は自分と他人とのそんなに親密な関係を経験したことがなく、別な人の存在が自分にそんなに重要だとは感じたこともなかった。私における他の人間の意義と価値を持続的に教えてくれたのは、彼女だった。他者の世界に対する関心とほんとうの体験を拓いてくれたのは彼女だった。私と世界との関係は彼女が現れたそのときに始まり、私はついに接続回路を探しあて、関係を打ちたてた。しかも、その後の日々に、彼女によって世界に対する尊重、愛、責任という基本的な感情をしだいに築いたのだった。

所有は愛の関係における特殊な感情であり、古代ギリシャから愛の関係においては正当な欲望として肯定された。ある哲学者はそれを「偉大なるエゴ」と呼んでいる。私の初恋の段階では、相手を所有することはたしかに恋愛の要点であり、眠れぬ夜を過ごしたり心配でたまらなかったり、一喜一憂したりしたのは、明らかに相手を所有したい欲望が私のもろい心を苛んだからだった。孤独な夜に星空を眺めたり、晩春の落花に涙を流したり、秋の虫の音に人生の寂しさを嘆いたりするのは、気取っているのでも深刻ぶっているのでもなく、青春期に経験するはじめての対症療法的な応答である。それはしだいに開かれていく世界にひとりで向きあわねばならぬ彼らのあるべき姿なのだ。その時期、私たちはたしかに所有と独占をはっきり分けられなかったが、明らかにそれらは他者の存在を私に教えていた。言いかえれば、所有と独占の欲望のなかで、私たちは明確に他者の存在を告げられるのだ。他者の存在によって、正常であれ邪悪であれ、ねじれてであれ、私たちはある種の基本的な態度でもって彼女と関係を築かねばならないことも暗示された。その関係はしばしばその後の世界との関係をも決定する。なぜなら、初恋の相手は、それ以後のより広い世界への突破口だからだ。

私はそのようにおずおずと私たちの愛情を追求した。彼女はあんなにも美しく、完全無欠で、その一挙一動が私の心を惹きつけた。彼女が怒ると、私はいつも反省せねばと思い、喜ぶと、私はさらにアクションに力をこめた。私の世界は彼女とともに展開した。私は経験のある同級生について、田舎のビデオ屋まで行ってエロビデオを見たことがある。同級生の間で回されていた『少女の心』②を読んだこともある。『新婚の夜』という農村向けの科学普及教材の男女媾合図を研究したこともあった。私は自分が潔癖でなかったと認めるけれど、しかし彼女とそれらのものがなにか関係があると思ったことはなかった。もし、私がそれらに手を染めたと彼女に知られたら、私は恥ずかしさのあまり、地面に穴を掘って自分を埋め、愛する清純な人の前で己の醜さをさらけ出したことを恥じたであろう。それは相手を美化しすぎたきらいはあるけれど、まさにそのように美化した想像が私たちに尊重を学ばせたのだ。私たちの相手に対する愛は尊重であり、畏れではなかった。一方で、私は欲望と好奇心から、性に関する読み物に接するのを我慢できなかった。しかし、もう一方では、内心の強い愛と尊重の喚起力によって、私は愛する人の前で自分の邪念を覆い隠さねばならなかった。愛というのは苦痛をともなうものだ。もし、愛に尊重がなければ、やりたいことをやるだけで、それは相手を傷つけ、排泄のあとの空虚感しか残らず、愛は消えさってしまうだろう。しかし、その苦痛こそ、まさに尊重から生まれたとまどいであり、言わんとして止め、畏れて尻込みする怯えが生みだしたものだ。愛情のなかの苦痛は個人の美徳が導いたものなのだ。そのように述べてくると、私はゴーリキーの短編小説のあるエピソードをまた思いだす。ある若者が愛する少女と野原を散歩していると、少女が気絶して倒れたふりをした。若者は急いで水を探しに走り、水の漏れている麦藁帽を抱えて戻ったときには、少女はすでに去っていたというものだ。倒れた娘がそのときほしかったのは接吻であり、恋愛の気分を解さない善意ではなかった。この話は、勇気はときに愛情にはとても必要だと私に教えてくれた。それは尊重と勇気の境界について語り、愛情生活においては事態を正確に把握せねばならず、さもなければ、ならず者になるか、臆病者になってしまう。もがくがいい、恋愛する人たちよ。しかし、苦しむ人、矛盾（内面の矛盾）を抱えている人こそ、信頼できると私は言いたい。まさにそのような一喜一憂の苦しみのなかで、人間性は豊かになり、愛する心は後の生命の発展につれ、豊かな魂をもたらしてくれるからだ。

私はそのように喜びと苦しみのなかで、私たちの恋愛を淡々と、かつ気に病みながらつづけていた。すべては文字の上だけの話で、彼女は文字の上ではなすがままに任せてくれた。私はロマン主義の放蕩者のように、バイロン、シェリー、プーシキン、レールモントフなどからもっとも華麗な言葉を借り、大げさに、恥も知らずに烈火のように燃える気持ちと献身的な衝動を絶えず彼女に宣言した。私はある手紙のなかで自分を無頼漢のように装い、詩人の名において、彼女のファーストキスを奪うのだと宣言したことがある。だが、その行動は二年後、私たちが卒業した後の最初のデートまで待たねばならなかった。それさえ私たちの四年の恋愛で一度きりの肉体に関わる行為であり、その他はみなプラトニックな陸の上の水練だった。

現実においては、私は自分の恋人をおそれ奉っていただけで、自分は彼女にどんな未来を与えられるのか分からなかった。学校の規則によれば、私たちは卒業したあと、農村へ教えにいかねばならず、たぶん生涯一教師であるほかはなかった。それなら、私はどうやって彼女に幸せをもたらせると言うのだろう。私はしばしばそのような卑下と疑問のなかで絶えず自分を鞭打った。愛と責任によって未来に関する想像が私の思索に入りこみ、時間の次元が私の生命のストーリーにおいて、ようやく展開しはじめた。幼少年時代、時間としての日々は空間に変換されたものだったが、しかし、それはついに終わり、現在と未来はひとつの線につながって、今日と明日が関連づけられた。私は明日と未来を計画しはじめ、自分に一廉《ひとかど》の人間にならねばと言いきかせた。もちろん恋愛していたときは思い描くような人間にはまったくなりようもなく、いまにしたところで、とても実現しそうにない。それに、はじめの考えからはますます遠ざかってしまったかもしれない。というのは、私はまさに諦めを学んでいるからだ。私は生命にとって、失敗は勝利より意義深いとますます思うようになっている。しかし、あの頃、私はあんなにも成功を渇望し、それによって彼女の歓びを勝ちえようと望んでいたのだ。

その後、私はたしかに農村で教え、彼女はたしかに私から離れ、私はたしかにまったく恨みを抱かなかった。彼女には落ちついた家庭と、物質的な条件にかなり恵まれ、かつ将来のある人に守ってもらう必要がぜひあったからだ。しかし、私にはなにもなく、未来の希望も見いだせなかった。彼女が離れたことにたしかに心を痛めたが、私は理解することをすでに会得し、諦めることを学びつつあった。目の前にいる人を熱愛していても、もっと広い世界が開かれつつあった。私は遠くまで旅をし、本を読み、文章を書き、しだいに明らかになる理想を不退転の意志で守った。愛情は後景に退き、他者の世界、および時間と自我の関係に対する追究が、より広大な人生のテーマに向きあわせてくれた。愛情よりさらに重大なそのテーマがまさに開けつつあったのだ。

初恋はそこで終わった。私たちはどちらも性の世界を知らないままだったが、すでにより広い世界とひとつにつながっていた。もちろん、そのとき世界はすでに私にいっそう濃密な細部を示しはじめ、それはすでに幼年時代の混沌たる状態ではなくなっていたのだった。

訳注

① 明眸皓歯＝美しく澄んだ瞳と白く整った歯。美人のたとえに言う。杜甫の「哀江頭」から。

② 文革中に、おもに若者たちに回し読みされた書写本の禁書。黄永紅という少女を巡ってふたりの青年が争い、決闘で解決することになり、ひとりが死亡し、もう一人が自殺する。そのため、黄永紅は逮捕され、獄中で事件の経緯を書く。その供述書という体裁を取っている。原作者不明。ノンフィクションか否かも不明。

塞《サイ》壬《レン》

一九七四年生。原籍、湖北省黄石市。散文作家。二〇〇四年、散文の創作を始める。著書に『行方の知れない生活』、『匿名者』。『人民文学賞』を受賞。本作で二〇一三年最佳華文賞を受賞した。

悲迓《ベイヤー》——楚劇の唱《うた》

一

　あのはるかな時間は、歳月の埃《ほこり》に覆われ、往事は茫々としている。だれがまだ西塞《シーチャイ》を思いだしたがるだろう、だれがまだ「悲迓」を唱えるだろうか。私の西塞は、製鉄が稲作にとって代わり、工業と都市がその時代を拓いた。ときに、深夜、夢から醒めると、だれかが夢の通路の奥に立って唱っていたのを、ぼんやりと思いだす。訴えるがごとく、泣くがごとく、激しく、哀れに美しく、節回しは千変万化、血を吐くように痛ましい。夢のこわさは、醒めたあともまだつづき、その女性がだれであるかを知っていることにある。楚劇の女役だ。彼女が私を正面から見たかと思うや、夢はたちどころに醒め、その顔は粉々になったように消えうせる。はやくて捉えられないが、去りぎわに袖を払って一瞥する、その美しい顔は涙を含み、私の記憶に永く留まっている。どのくらいになるのだろう、私の体には奇妙な性情が潜んでいて、喜びや深い悲しみに逢うたびに、かならずや声を発し、楚劇の唱を歌ってしまう。自分で文句を編み、指でしぐさをし、媚を含んだ目つきをして、ゆるやかな身振りもする。ひとりで唱う湖北の楚の地の悲しい調べは、私の痴れたような「狂」を表しているのだ。本能的に、私はさらに銅鑼と太鼓のイントロもやる、ボンガンボンガンボンガンボンガン、ボンボンチャッ——役の小刻みな急ぎ足、手まねで見得を切り、思いきり息を吸いこみ、大きく口を開けて、高く響く声で、絹を裂くように泣き、訴える。それは私の人生では、きわめて得がたい大いなる歓びだ。その痛快さは言い表しがたいけれど、そこには強い排他性があって、だれとも分かちあうことができない。しかし、今日こそ私は話しておきたい。私だけではなく、私の出生地の西塞、長年その土地の人々にずっと伝わってきた奇妙で特徴的な性情を。それは胎児の記憶のように、私の体に焼きつけられている。ときに、私はしげしげとそれに見入ることがある。まるで先祖たちの奇妙な魂を念入りに見つめるかのように。いったいどんな訳があって、泣くような楚劇の唱（悲迓）によって、なにがなんでもこの人生の喜びと哀しみを表さねばならないのか。

西塞を離れて十数年、広東で、私は故郷のなまりの強い標準語を話していた。いくつかの音は、標準語には存在しない。悲迓の迓は、楚の土地ではけっしてYAと発音しない。やや鼻に抜ける音で、舌先を上顎につけ、決然と喉から発するのだ。第四声で、短く。それに妥協の余地などはない。私は以前、その文字がないのかと思っていたが、しかし、そんなことはありえない。湖北の楚劇の詞に関わりさえすれば、ことはかならず「悲迓」の二文字に及び、悲迓がないなら、楚劇には魂がなくなってしまうからだ。私はネット上で、その「悲迓」という文字を見つけたことがあるが、しかし、その説明には、ひじょうにがっかりさせられた。「楚劇の唱の一種で、おもに登場人物の内心の悲しみと惨めさを表す」。そんな説明はおしゃべりロボットのもので、悲迓とはなんのかかわりもなく、その表面にただ取ってつけたにすぎない。あのたぎるような魂の旋律と激しい震えを抑えつけ、そのあらゆる光を覆ってしまっている。それを四大節回しに数え入れるより、むしろそれに然るべき高貴さと華麗さを与えない方がましだ。楚の人間にとって、唱うことは哭くことであり、悲迓のためにあえて論争するまでもない。それは議論の余地なく、楚劇のもっとも美しい部分になっているからだ。それでも、私がそれについて書くのは、けっして余所の省の人に普及しようと目論んだり、まして消えゆくもの、衰退と没落に向かっている楚劇を救わんがためではない。私は、現在に向かって歩んでくるに連れ、あまりに多くのものを失ってきた。それにもかかわらず、かたくなに留まっているものは、私をいぶかしい思いにさせる。あえて苦心して形作ったわけではないのに、その特徴的な性情は宿痾のように存在し、それだけに自分がいかにそれに依存しているかを、私は深く信じている。私は、まず労働者出身の根っこにある素朴さを失った。つづいて、地方出身者特有のあの怯懦と劣等感をふり捨てた。しまいには、楚の人間の激しやすさと頑固さ、反骨と話すときの気力もそっくり失くした。なぜこの悲迓は、いまに至るも私に連れそい、なぜ失われることがなかったのか。私は十数年前、南下する汽車、蒸し暑い車両のなかで、たったひとり広州へ生きる手立てを探しにいったことを思いだす。ふたつに切り離された時間と空間のなかで、未来はなく、自分はひとりっきりだとしみじみ感じたあの夜、私は強く自分を抱きしめ、心のなかでくり返し悲迓を唱っていた。「これからは、ひとり山河に背き、故郷を離れたる者、これからはひとりきり……」。悲迓のトレモロ、詞の悲痛さが耳について離れず、思いかえせば、それは端的な予言になっていた。私はいままでまったく自覚もせず、生まれつき具わっていたかのように思っていたが、改めて長年私に連れそった悲迓を仔細に見つめなおすに至って、ようやくハタと気がついた。その心の暗部に隠されている特質こそ、個人のもっとも真実の表情であり、顔を赤くして酔い、よろめきながら秘められた世界にさまよいこみ、自己憐憫と抒情を完成させるものではないのか。そして、私が触れることを恥じていた孤独感、後に始めた著述生活は、悲迓のもうひとつのあり方だと考えられるのではないか。たった一度だけ、あろうことか、私は酔ったあげく、大勢の前でその悲迓を唱ったことがある。「塞壬さん、昨日、あなたが唱ってたのはなに？　すごく変わった節回しね」。ある人が、翌日そう訊ねた。私は、ふだん公開の場では多くを語らず、人に与える印象は堅苦しくて引っこみ思案だ。だから、そのような失態はじつに稀で、みんなが息を呑んで私の唱を聞いていたとは、まったく知らなかった。「春が過ぎ、また新しい春が過ぎた。愛しい人よ、あなたが老いて、だれも愛さなくなったとき、あなたは私のもの、私のもの……」。その有名ならざる事件は、友人仲間の笑い話のタネになった。しかし、私の悲涯を聞いて、あの魂から発する声に向きあいさえすれば、きっと人は感動の色を浮かべるだろうと、私は深く信じている。それはいかにも胸を刺されるような思いがするものだから。去年、端午の節句の夜、その私に長年連れそった悲涯が、南方のとある時刻において忽然と現れた。その思いもよらぬ出遭いは、私の内心と呼応し、すぐにピカピカときらめきを発した。ああ、それは秘められたる逢瀬だ。私はその一瞬、軽いめまいさえ覚え、その頭から注ぎこまれる凛冽たる寒さ、そのうねうねと私の密かな気脈にそって伝わり、内心の深処に触れる不思議な感じは、私に驚きの声を上げさせた。ああ、だれが唱っているの、これはだれが唱っているの。

南方で悲涯に出遭おうとは、思ってもみなかった。端午の節句のその夜、私は東莞《トングワン》のある工業団地にインタビューに行っていた。あなたの故郷では、どんなふうに端午節を過ごしますか。そんなパッとしない、新味もないインタビューのテーマを携えて、私は工業団地の広場の小さな舞台の下に坐っていた。主催者は夜の集いを企画し、全国各地からきた農民工たちがそのささやかな舞台で、故郷の端午節の催し、コントや踊り、伝統劇、講談などを上演して、雰囲気はいやがうえにも高まっていた。プログラムの半ばほどで、司会の紹介もなく、幕がとつぜんゆるゆると開くと、白いワンピースを着た女性が、よろめきながら小刻みな足取りで、舞台の真ん中に走りでた。舞台の蒼白い灯が彼女のやつれた顔を照らし、目鼻立ちはよく見えなかったが、その表情で彼女が憂いに満ちているのがわかった。彼女は一足歩いては振りかえり、またよろめいては疾走し、口を開いて唱いはじめた。

「皆々様、涙で衣を濡らし、趙琼瑶は弟の手を引いて、街で物乞いをしています。私めは川東の読書人の裔《すえ》で、父母は子どもを慈しみ、楽しく暮らしておりましたが、憎き大伯父の趙炳南が禽獣のごとく、家産を独り占めせんとて、父に毒を盛りました。趙炳南は陰謀が露れるのを恐れ、父の遺体をベランダから投げ落とし、父は酔って落ちたと言いました。乳母が秘密を知り、真実を教えてくれましたが、すべなく河南へ清廉な裁きを求めに参りました。しかるに、包公は貶められて官を退き、私にはまた虎口が迫っています。無辜《むこ》の女がかえってお白州で罪人となり……」

それは、楚劇『四下河南』の有名な悲迓だった。私にはひじょうになじみ深かった。なじみ深いとはいえ、しばらくはそのなじみ深さに対して、なんとも名状しがたい複雑な気持ちを抱いてしまうのだが。舞台のその女性が、「皆々様……」と唱いだしたとたんに、私はもう魂を引きさらわれてしまっていた。すっかり覚えている筋立て、劇中の趙琼瑶のお話には、もちろんなんの興味もない。あの不運な無辜の美女は、私にとって、とっくに悲迓の美の鑑定において、もっとも精緻な賞玩物《しょうがんぶつ》になっていた。その女性は、その段の悲迓をどう表現すべきかを、ひじょうに明確に知っていた。毎年唱われる曲目、楚の人たちはもうその筋立てには注意を払わない。彼女が表そうとするのは、もちろん劇中の趙琼瑶の悲しい運命などではなく、彼女個人、個人の女性の魅力でなければならない。楚の人たちが悲迓の役者をきまったごひいきにするのは、その女性がどんな個人の気性を表しているかなのだ。彼女の唱い出しのその一句は、血の滲むようなトレモロのなかに、ある種きわめてあでやかな甘やかさがあり、表情、身振りには、楚の人たちがすでに失ったか、もしくは消えさった美しさ、悲迓における風月に迷い、骸骨に未練を残すといった類の色恋の味があった。多くの外国人が『西廂記』や『牡丹亭』などの戯曲を喜んで賞玩するなかには、その種の退廃的ななまめかしさという美意識もある、そう私は思っている。もしかしたら、舞台の女性のあだっぽい唱い方は、私だけが見抜けたのかもしれない。つまりは、彼女はこの道にふかく通じていて、悲しみをある種の甘やかさとして表現し、悪習に染まった聞き手の耳をなでさすったとも言えるのだ。広東なので、だれもそのような趣がわからなかったのにすぎない。彼女が私を強く捉えたのは、その節回し、身振り、気性が、先に述べた夢に現れたあの女性に酷似していたからだ。私の従姉の祝生《チューション》だ。だからこそ、私は思わず、「あれはだれが唱っているの」と叫んでしまったのだった。

夜の集いが終わると、私は難なく彼女と約束し、簡単なインタビューを行なった。それで、はじめて彼女の様子をはっきり見たのだが、整った肉の薄い顔に、澄んだ一重瞼の眼、鼻の上には細かいソバカスがあって、すぼめた唇の線はやや下に向き、ちょっぴり薄命そうな相をしていた。

その眼は、知らない人間をチラッと見るや、すばやく瞼を下ろし、自分の生真面目さを隠したがっているようだった。その気質には、かけらもあだっぽさなどなかったが、そのような人は演技に入りさえすれば、まったく別人になる。彼女の奥深くには魔が潜んでいることを、私はよく知っていた。湖北の同郷人というのは想定内だったが、東莞で楚劇の悲迓を聞いたことが私を驚かせたのだろう。しかし、その女性の話を聞いたあと、私はなんと、感動のあまりその両手を握りしめてしまった。広東に住んで十一年、これほど近くの同郷人に出遭ったことがなかったからだ。彼女は思いもよらぬことに、私の隣村、肖姓村《シアオシンツン》の人だった。私たちの黄姓村《ホアンシンツン》からたった二つ、三つミカン畑を挟んだだけの。ただし、西塞のミカン畑は、何年も前にすべて更地になってしまい、そこはいま、煙突の林立する製鉄工場になったのだが。肖青衣《シャオチンイー》①、意味深い名前だ。二十七歳、東莞のある金物工場で働いている。私が同郷だとわかると、彼女も同じような熱意で応じてくれた。肖家は楚劇の代々の名家で、曽祖父は武将の役で名を馳せ、白袍を着た将軍、薛仁貴（唐代の軍人）を演じて、土地では有名だった。しかし、私の家と同じで、いまはほとんどだれも劇を唱《うた》わなくなっている。彼女の唱は、もちろん家族から伝わったものだった。私は、どうしてまだ楚劇の悲迓を唱うのかと、彼女に尋ねたが、その答えは、私を愕然とさせた。「カネもうけのためよ」。その言葉は、むしろまったく当然のこととして口にされ、明らかに私への軽蔑の色さえ帯びていた。悲迓を唱って、金もうけをするって。だれが金を払って、楚劇を聴くの。私の印象では、悲迓はもう人々の視野から遠ざかって何年も経っていた。それはいまどんな形で存在しているのか。私は、しかし、悲迓を唱って金もうけをするのがひどく形而下的なことだと、考えているわけではけっしてない。

その答えが彼女に対する諸々の想像や、伝承や魂の訴えといった芸能への期待を覆したとしても、その瞬間、私は自分の彼女への思いこみがまちがっていて、私の方が無理だったのだと悟った。インタビューは興の覚めたものになったが、彼女が隣り村の肖家の娘だとわかったあと、私の方からまず西塞方言で話した。それは、春節で家に帰ったときにだけ使う言葉だった。異郷で、そのような夜では、そのすべての音は人を驚かせるほどごつごつした感じがしたが、それは初めての経験だった。はたして雰囲気は一変し、彼女は興奮してあれこれと訊ねてきた。記者って、いっぱい稼げるんでしょう、一ヶ月いくらになるの、東莞で家を買ったの、あなたの使ってる携帯はアップルでしょう、電話番号を教えて……。私は微笑みながら彼女を見た。話はすでに口数の多い彼女にそのような方向に持っていかれていた。私はもう、彼女と西塞についておしゃべりする気は失せていた。これ以上、彼女と悲迓について話したくはなかったけれど、しかし、ただ彼女が悲迓を唱える肖家の娘であること、ただそれだけのことで、強く彼女を抱きしめたかった。

二

その夜以来、肖青衣からはなんの音沙汰もなかった。年末になって、とつぜん彼女から電話があった。電話口の向こうで、大声で喘ぎながら言った。記者さん、わたし、肖青衣。西塞の方言で、かろうじて彼女だと聴きわけられた。「わたし、まだ列車の切符を買えないの、大晦日に家に帰れないわ。切符を買えるように、してもらえない」。新聞社には、毎年職員のために切符を手配してくれる福利があったので、私はその場で請けあった。彼女は私がそんなにきっぱり請けあうとは、思っていなかったにちがいない。そんなに遅くなって電話で助けを求めるのは、私にたいした望みを抱いているわけではなく、ちょっと探ってみたにすぎないのだろう。私は列車の切符を買うのがどんなに難しいか、よく知っている。中国の春節の交通事情は、あまりに多くの人たちを帰郷できなくさせ、雪が降ったことのない南方で、雪の積もった故郷よりもっと寒い思いをさせるのだ。私たちは約束した場所で会い、切符を彼女に渡した。しかし、なんと、彼女はありがとうさえ言わずに、私をじっと見つめて、いきなり言った。わたし、同郷のふたりに請けあっちゃったの、列車の切符を買えるからって……記者さん、ねえ……。

私は息が詰まり、一言も話せなかった。半年以上経って、彼女はすこし太っていた。アゴがふっくらして、唇の線には横暴そうな力がこもっていた。私が話さないでいると、彼女はとつぜん笑いだしたが、その笑い声は粗野で、あなたが買えないなら、私は言わなかったことにするわ、と言っているようだった。それこそ、私たちが異郷に暮らしていると、よく出くわすあのもっぱら同郷人を陥れる人間なのだ。いったんまとわりつかれたら最後、牛の疥癬のようにつきまとう。一般的に言って、同郷人に後ろからナイフで刺されても、けっして意外なことではない。あきらかに、この肖青衣は頑固なじゃじゃ馬だった。それより以前に、貸した金を返さず、私の寓居から現金と携帯を盗んでいった湖北の同郷人に出くわしたことがある。それから、私が自分の会社に紹介した同郷人がいた。二ヶ月足らずで、彼女は伝票をごまかしてクビになり、それを逆恨みして、あろうことか、同僚間のチャットに、私が職務を利用して、自分の親戚や同郷人を各部所に就けて派閥をつくった。言うところの「湖北幇」を形成したとガセネタを流した……。長年来、広東での経験は、危険なことがあまりに多かったので、私はもうその類のささいな罠をまったく警戒しないまでに強くなっていた。それらは私を傷つけないことを知っていた。そう、ますます増えていく厄介ごとは、私を傷つけることができなくなってしまったようだ。たとえば、私の隣り村の悲迓を唱える肖家の娘が、もしほんとうに私を後ろから刺したとしたら……。

　私は、きっと彼女の望みをかなえてあげるからと言った。彼女はうれしさのあまり、私の周りをぐるっと回って両手で拱手し、高らかに楚劇の科白を言った。青衣、謝意を表せり——その「り」の長く延びた音は、この上なくしとやかで愛敬があり、きれいだった。あたかも別な人間が憑《よ》りついたようで、私は思わずぽかんとした。そして、ある名前が口をついて出ようとしたとき、彼女はもう人ごみの中に消えていた。

私たち四人は、陰暦十二月二十九日に帰郷した。オリーブ色の列車でのこまごましたこと、退屈さ、それに肖青衣の人柄の良さや華やかさなどはしばらく措くとしよう。しかし、私はある重要な情報を手に入れた。肖青衣が言うには、彼女は正月の四日に市の文化広場へ楚劇を唱いにいく、主催者の依頼で、春節の一回で二万元稼げるのだそうだった。私はひじょうに好奇心をそそられた。楚劇はいまどんな形で存在するのか。はたしてどんな人が悲迓に夢中になっているのかと。家に帰りついたが、私たちの西塞はとっくに町の行政機関になっていた。二十年前、私たちの田んぼは鉄くずと石炭灰で埋められ、いくつもの広いミカン畑はブルドーザーでならされた。私たちの土地と屋敷の上には、煙突が林立する工場が建てられ、そこでは昼に夜をついで製鋼が行われた。私たちはそっくりそのまま、一夜の間に、農民から労働者に変わり、製鉄所が建ててくれた職員宿舎に住んだのだった。それは偉大なる事件だった。農民からそれ以外に変わる、その魔力の具わった言葉は、私たちの階級と身分を変えた。私の印象では、すべての人がなんとも言えないほどの狂喜のなかで、ひどく露骨に農民身分を捨てさり、土地を捨てさった。私のふたりの従兄②は、ほとんど同時に農村戸籍の婚約者をふり捨てた。都市、都市、それは気も失わんばかりの天国だった。想像の船は、私たちを乗せて向こうへ飛ぶように過ぎさっていき、だれも振りかえったり、懐かしんだり感傷的になったりはしなかった。都市の一部になるや、私たちはいかになにをも振りかえらず、徹底的にきっぱりとしていたことか。二十年が過ぎて、「都市化の進行」という新しい言葉をつぶさに調べてみると、記憶に根差したあまりに多くのことがしだいに曖昧になり、歴史に埋もれたり、存在したことさえなかったりしていることに、私は気がついた。振りかえると、村里は沸きかえる喜びのなかで崩壊し、畑、田んぼ、それにミカン畑は私たちの視野からフェードアウトし、悲涯の声もしだいに遠ざかり、途絶えていった。私たちは青い作業服を着て、紅いヘルメットをかぶり、首には白いタオルを巻き、鉄鋼と隊伍を組み、炉の前で誇らしげな人生を拓いていったのだ。団地に引っ越したその日、西塞では三日間の大芝居を興行したことを、私は覚えている。空き地に舞台をしつらえて、招請したのは省の楚劇団だった。そのようなとき、西塞の人たちは、悲涯の哀しみ、怨み、悲しくうねる節回しのなかに、ある種の楽しみと慰めを感じることを必要としたのだ。省劇団の役者の眼差しひとつにくり返しアラを捜し、ひとつの向き直る動作、指の形が様になっているかどうかなどを、微に入り細をうがって賞玩した。そのもう廃れてしまった目利きと鑑賞に没頭したのだ。ああ、秦香蓮を唱った役者は、ほんとうに生きた妖精で、細い腰のねじり方がすばらしく、その一声ごとの怨みといったら、見ている人間の骨までとろかしたものだった。さすがは省のプロ劇団で、自前の草芝居とは断然ちがっていた。記憶では、それはほとんど最高の芝居だった。夜の帳が下り、深い藍色の空に緞子のような月がかかって、星々がきらめく。清々しく風のない夜に、空気はチリ一つないほど澄んでいた。舞台の下は魅入られて静まりかえり、男も女も首を伸ばして口を開け、魂が抜けでたようだった。舞台の上では、人の世の悲喜と離合、生と愛が唱いつくされ、そのことごとくが魔境に入らざるはなかった。その悲迓は、悲しいこと石を裂くに足り、長い水袖③は、腸を断つほどに翻った。「にわかに南天門の太鼓が響き、昼を待たずに斬罪に処せられる。天網は逃れがたく、あなたは捨てがたし……」。知らぬ者とてない『天仙配』、どれほどの年月唱ったのだろう、知りつくした唱が、その夜は、しかしはじめて聴いたかのようだった。火がつきそうに酸素が薄く、息を詰めている人々の呼吸は、細い弦の上で崩れ、それが切れさえすれば、彼らの意志はぐにゃぐにゃになり、つぶれてしまいそうだった。後になって、私は数えきれぬほどその芝居のことを思いだしたが、悲迓は私たちにゆっくり別れを告げ、そのときが最後の盛大なカーテンコールだったのだと、思いいたった。都市の人間になりつつある私たちに、その一声一声が、訴えるが如く泣くが如き悲迓が、私たちにピリオドを打ったのだ。それ以後の二十年、人々はどのように絶えず湧きあがる芝居への欲求を抑えたのか、どのようにくり返しあの小妖精たちを夢で反芻したのか、私は知らない。ほんとうの町の人間になるには、長い長い年月を必要とし、ついには何代もの人間が知らぬ間に染められ、感化されて、ようやく完全に骨や血に染みついた土の匂いを洗い落とすことができる。その過程において、悲迓こそが都市に向かう私たちの精神の街道に刺さった魚のトゲなのだ。はじめのとき、足を踏みだすごとに、それはだれにもかすかな痛みを覚えさせる。しかし、ある日、ついにその痛みは完全に消えてしまうことを私は知っている。

　私はいまにも悲迸は消えてしまいそうだと思っていた。正月三日の夜、肖青衣から、明日午前十時に、文化広場の楚韻閣で楚劇を上演するので、定刻に来てほしいと電話があった。ああ、どれくらいの間、楚劇を観ていなかっただろうか、十何年にもなるだろう。広東で、粤劇《えつげき》（広東オペラ）は招待されて何回か観たが、いつも中途で出てしまっていた。私は劇に入りこめず、広東語にいたっては、あいかわらずある音節が発音できなかった。故意に広東語を拒んでいるのだと の叱責には、黙るしかなかった。私のなかの楚人の意気ごみと激しさはますますなくなり、なにも守れなくなっているのを知っていたから。窓の外は雪が降りはじめ、祖廟の祭祀はだんだんと人が去っていった。故郷の新年の味わいが、厳粛なあいさつの声のなかでくり返し染みこみ、私の心を洗い流してくれた。私の耳と心は、そのときますます清められていった。私は肖青衣のために、心を込めて祝儀袋を準備した。明日、彼女は舞台でその身体に潜んでいる妖精を解き放とうとしているのだ。唱うのは『断橋』、冒頭は、青や、龍泉の宝剣を挙げるを止めよ……のはずだ。そのとき、不意に、私の従姉の祝生が袖を振って舞台の前面に走りでてくる光景が思い浮かんだ。祝生は亡くなって十数年になるが、その短い命のなかで照り映えているのは、息が絶えるときの言葉だ。少女は口から鮮血を吐き、絶命した。その言葉に、私はきちんと向きあおうとはしなかった。そのきびしい、研ぎすまされた剣のように魂の深処をつかむ不死の眼に、私はしばしば見つめられているのを感じる。そう、私はそれと決別する勇気がない。私は妥協のなかで、その場しのぎの気休めをしているのだ。

四日の朝、空が晴れて、眼が開けられないほど雪がまぶしかった。窓の前には、鳥が枝から弾き落とした雪があった。芝居を観にいくには、盛装をしなければならない。昔の女性が、ささいな心配ごとを胸に、劇場に好きな男を見染めにいくみたいに。少女時代、私の記憶では、芝居の場では若者たちの少女をめぐる喧嘩や恋愛沙汰が跡を絶たなかった。しかし、今度の外出は、好奇心から出たようなものなので、狐の毛皮のコートを置き、紅いダウンコートを着て、車で文化広場に駆けつけた。

楚韻閣は、古色ゆかしく改装されていた。木製の屏風が半開きになり、つき当りのバーのカウンターの前に、中国服を着たふたりの娘が立っていた。髷を結い、愛想がよく、入ってくる客に新年おめでとうと挨拶してから、チケットをあらためた。私が名前を告げると、ふたりは微笑んで、黄さん、どうぞと言った。まっすぐに進んで、玉すだれを開いて中を覗いたが、仕切りを置かずに、四人が坐るティーテーブルがいくつも配置してあった。お茶とお菓子に、果物皿がそれぞれ置かれている。人々はにぎやかに笑いながら、新年の挨拶を交わしていた。先の方を見ると、精巧に作られた舞台に、琴と拍子木の奏者が座についていて、音合わせをしたり、ささやいたりしていた。臙脂色のビロードの幕は閉まっていて、その真ん中にさほど大きくないポスターが吊られ、今日の演目が書かれていた。私は坐るところがなく、知りあいはだれも見いだせなかった。そこには若々しい顔がなく、体つきも若くないことにすぐに気がついた。私が見たのは、皺、白髪とむくんだ体型だった。それに、いくつかの辺鄙な土地のなまりが混じりあって聞こえていた。西塞のなまりを聞こうとしたが、けっきょくは無駄だった。町の周辺の県や鎮の芝居好きがここに集まっていること、彼らは、まだ濃厚な田舎の村の雰囲気を漂わせていて、多くがはるばる駆けつけてきたことに、私はふと気がついた。格好のわるい分厚い模造革の靴を履き、靴底には田舎の黄色い泥がこびりついている。なまりがきつく、はばかることなく大声で家の自慢をして、まるで市場にでもいるようだった。芝居を観るために、わざわざ着た新しい服は、アイロンを掛けたばかりのズボンの線がまっすぐでこわ張っていた。笑顔のなかには、老木が春に逢ったような喜びがあって、とても純粋だ。彼らも正月だけのたった一度の贅沢に、金を払って芝居を観るのだろう。しかし、このときはこんなに人気があっても、楚劇の没落はほとんど決定的だった。老年期に入った農民たちは、楚劇のしんがり部隊なのだ。私は舞台をチラッと眺めた。楚劇の運命そのもの、それこそが一曲の悲歌にほかならない。

幕がすぐに開いて、拍子木が急調子で鳴りひびいた。今度は、肖青衣は白装束を身に着け、舞台袖から後ろ向きでよろよろと中央に出てきた。「断橋」④の全編を上演するものなので、小青と許仙も登場した。肖青衣は袖で顔を半分覆って唱った。金山ではただ驚かしただけ……たった一句だけで、私は彼女に妖魔がとり憑いているのがわかった。口からは鶯のような声を吐き、なよなよとして身のこなしは優雅、一音一音が涙を含み、あっという間に、観客の魂を引きさらってしまった。このような商業的な上演では、彼女はさらに力が入っているようだった。その妖艶さは、溢れんばかりに発揮されていた。肖青衣はプロとしての訓練を受けたことがあったのだと、私は確信した。しかし、彼女は、けっきょくのところ、東莞の金物工場へ出稼ぎにいくのを選んだのだ。

『断橋』は、もともとすばらしい劇だ。青や、龍泉の剣を挙げるを止めよ、許仙よ、なんじの妻の話すを怖るるなかれ。なんじの妻は普通の女にあらず、峨眉山の蛇の精にして……肖青衣の悲迓がそこに至るや、拍手が沸きおこり、私は立ちあがった。不意に感動し、喉仏がうごめいた。私は、それがどんなに従姉の祝生の舞台であってほしいと思ったことか。祝生はいつも「青や、龍泉の宝剣を挙げるを止めよ」と唱うとき、その「よ」という音を、さながら嗚咽でむせんだように中断し、その後、泣き声を含んだ特殊な処理をしていた。肖青衣はそうしないので、それは祝生の独創だったはずだ。劇が終わると、役者はカーテンコールに応え、舞台を下りて観客と握手をした。中年、老年の男たちがどっと押しよせ、肖青衣をとり囲むのを私は見た。みな紅い祝儀袋を手渡して、しきりに褒めそやし褒めちぎっていた。そのとき、彼女はスターだった。彼女はまったく私には気づかず、まるで修養のない笑い方をし、賛美に酔いしれているのを私は見た。ある五十過ぎの男は（見たところ、村の幹部のような様子だった。腹が突きでて、顔の肉がたるみ、細い眼には異様な輝きがあった）、なんと、手を伸ばして肖青衣の顔をねじ向けた。その動作はひどく卑猥だったが、しかし、彼女はずっとその笑いを絶やさなかった。なにすんの、いやぁね、――つづいて、その老いた男が肖青衣の背に手を置くと、大勢の男がそれを囲んで茶館を出ていった。

人はいなくなり、会場はゴミだらけだった。私の心は廃墟のように荒涼としていた。とつぜん、かすかな怒りがこみ上げてくると、唱が口を突いてでた。青や、龍泉の宝剣を挙げるを止めよ。しかし、その「よ」の音は出てこず、宙に浮いた。半ばで止まったまま、辺りはひっそりとし、涙が流れてきた。まったく、またもや思いがけもしない。私は、どうしてやはり悲しみを抑えきれないのだろうか。

三

私の祖父は若いころ、舞台では落ちぶれた書生だった。身を売って父を弔った孝子の董永だったり、祝英台が女だと分からなかった梁山泊だったり……彼は白い扇をあおぎながら召使いの少年をつれて、陽春三月、都に試験を受けにいき、一路江南の風光を愉しみ、風流を尽くした。しかし、彼はいつも仙女か富豪の娘に気に入られ、避けようもなく終世を契ることになる。その後、祖父はあらゆる恩や仇、恋や怨みを演じた。そのような下らない話、低俗な筋立てを彼は生涯唱い、そのうえ、なんの異議もなく草芝居の座長になった。ここまで書くと、私はくり返し慄くのを抑えきれなくなってくる。私はもうすぐ「あのとき」のことを書こうとしているからだ。書くのは私の西塞、私の悲迓、そして、ある少女のことだ。過去のことは絵巻物のように広がり、興奮のあまり、言葉はどんどん消えうせるのに、イメージは入り乱れて次々に湧いてくる。いま、それらのすべては存在しない。時移り、境が過ぎてしまったら、人はかつてのすばらしさをどのようにして描くのだろう。人はふつうどのようにその消失を描くのだろうか。

私は長江のことから話さねばならない。西塞は長江に臨んでいる。有名な西塞山が長江に延び、山の断面が川面に切り立っている。劉禹錫は、「西晉の樓船　益州より下り　金陵の王氣　漠然として収まる」と詩に謳った。西塞の者は長江と呼んだことはなく、私たちはそれをただ河と呼んでいる。河に行って洗濯をしたり、河で四つ手網を使ったりする。毎年、その河には盛大な祭りがあり、陰暦の五月十八日には龍船を浮かべる。楚国の大詩人、屈原が身を投じたので、楚の庶民は雄壮な大龍船に食べ物を満載して河に浮かべ、下流に流すのだ。魚よ、食べ物をやるから、もう屈原を食べないでおくれという趣旨である。もとは簡素な祭祀だったのだが、盛大な豊作と悪疫退散の祈願に変わり、古い願かけの習俗はなくなってしまった。楚の地は豊かなので、龍船の行事は、もちろん晴れ着を着てごちそうを食べ、存分に楽しみを尽くすカーニバルである。ああ、ここで自分を抑えきれず、書きすぎてしまうことをお許し願いたい。私はすでに十数年その祭りを見ていないのだ。五月五日の朝が明けるや、雄鶏の血で龍船の開眼をし、常夜灯を点し、徹夜をし、道士が日夜、屈原を讃える詩を唱える。廟を出て、練り歩き、そして船を水に下ろす。芝居の始まりの銅鑼が、そのとき鳴りわたる。七日七晩の芝居の始まりだ。ただ、悲迓に関して言っておくと、それは楚劇よりも広範に民間の日常生活に根づいているようだ。楚の地は、もとよりシャーマニズムの気が濃厚で、招魂や葬儀の哭礼、遠くへ嫁ぐ悲しみなどこそが、楚劇の悲迓の音階と節回しであり、哭くことのみが楚の人の堰を越えた感情を表すことができるのだ。しかし、それは西塞の年に一度の観劇の季節であり、端午節もめぐって大地の熱気が沸きかえり、真夏の生気が解き放たれ、その濃厚な匂いが空気にずっと立ちこめている。潮が満ちるような人の群れ、堤防の下には鈴なりのようになった露店が連なり、もち米の酒や甘酸っぱいスモモを触れ売りする。二〇〇メートルの堤防沿いに、夕方、土の炉で練炭を燃やし、アルミ鍋には粽や煮た落花生、紫イモ、緑豆の汁粉、それに甘ったるい蓮根くず湯が煮えている。若い娘はおさげの端に、新鮮なヨモギの葉や露のついたクチナシの花を挿す。彼女たちの眼は生き生きとしていて、喜び、混乱し、清水で洗いたてられたようだ。彼女たちは群れを成して歩き、身体に潜んでいたもっとも内密な美しさが、このときとばかりに解き放たれる。すでに農閑期に入っていて、芝居を観おわったら、早稲の穫り入れを待つだけなのだ。

家では四月のはじめから芝居の準備をした。夕食のあと、祖廟の入口の中庭で、祖父は出演者の稽古を仕切った。八つの村、八つの姓が、龍船祭の大芝居のために集まり、深夜まで稽古をする。中庭の塀の側には、紫のシャボテンサイカチが塀の上に咲き、香りが芬々と漂った。もしそれを罐に封じこめたなら、酒を醸すこともできただろう。くらくらするほど人を酔わせたのだから。蛙が鳴き、太鼓が響き、月が水のようだった。私と三つ上の従姉の祝生は、裸足で高い楠の老木に登り、足をぶらぶらさせて、下を通る人に唾を吐いたり、大人たちの稽古を聴いたりした。ああ、私たちの怖れるもののなかった幼年時代。纏足をしていた祖母は、煎った大麦を細かく砕き、それを煮だした麦茶をうやうやしく年長の師匠に手渡した。祖母は襟のついた長い薄絹の単衣を着て、長い煙管を持っていたが、この老いた芝居マニアは、きれいに腰をひねってよちよち歩き、高く響く声で老婦人役を演じることができた。私の黄家は、毎回七、八人が上演に参加した。伯父、伯父の妻、従兄に従姉、それに一番幼かった従姉の祝生は、十五の年に舞台に上がった。

祝生の芝居は聴いて覚えたものだった。一段覚えるたびに、私の手を引いて部屋に戻り、私に聴かせた。手、眼、身振り、歩き方が型通りで様になっていて、唱いだすや、なぜ人が変わったようになるのだろうと、私は驚いて彼女を見ていた。一瞬の間に、秘密の後光がその頭に射したかのようだった。その全身からにじみ出る気迫は、まったく天然自然のもので、生まれつき備えるかのようだった。祝生は十四で、急に目に見えてなまめかしくなり、目鼻立ちがはっきりしてきた。あの夏、彼女は身体からある種なつかしくいい香りを発散していた。それは発酵しすぎた麺のように、すこし酸っぱく甘く生臭いにおいで、その身体の秘められた部分から発しているものだった。そのうえ、彼女の眼はすごくいわくありそうに見えた。その目つきこそが、二度と彼女を理解できなくさせたものでもあるのだが。一座の道具と衣裳は、すべて祖父が保管していた。それらの巨大でずっしりした黒い箱は穀物倉庫に置かれていた。祝生は鍵を盗んで私を連れて入ったが、黒い箱を一つひとつ開けると、樟脳の匂いが鼻を突いた。従姉は興奮して私をちょっと抱き、そして骨が痛むほどギュッと抱きしめた。その衣装は、祖父がすごく大事にしていて、年に何回も虫干しをした。それらのピカピカ光る緞子《どんす》はとても貴重で、きちんとご奉仕しないと、すぐにカビが生えるのだ。毎回、穀物干し場へ担いでいって虫干しをするのだが、その光景はじつに壮観だ。竹ざおで開いて干すと、ありとあらゆる色の緞子と刺繍のある衣装が、風をはらんでバタバタと翻る。私はすべての衣装におそれを抱いたが、というのは、それらには魂があって、いつもひそひそ話をし、呪いをつぶやいているからだ。私はそれらに近づこうとしたことはない。それらには、計り知れない邪悪な力があることをはっきりと感じていたから。とくにあの深紫、あるいは真っ黒な大蛇の模様のある大臣の礼服。それらには重苦しい魂、あるいは胸いっぱいの憂いが籠っていて、瞋恚《しんい》に燃えた眼のようで、策を凝らして私の魂を吸いとろうとしていると感じていた。いま私たちふたりは、それらの蘇った魂のなかに身を置いていた。私はこわくてしっかり従姉をつかみ、帰ろうよと泣きさけんだ。従姉はいきなり私をふり払った。この悪党、なにがこわいっていうの。私はびっくりして、固まってしまった。私と従姉は、幼いときから大人たちに「疫病神」と言われ、数えきれないほど悪さをした。しょっちゅう外で喧嘩をしたり厄介ごとをひき起こしては、傷だらけになって帰ってきたものだった。こっぴどく相手を打ちのめし、ふたりで傷だらけにした。私たちは大人に捕まって、ふたりとも穀物干し場の夏の陽ざしに晒され、ふくらはぎに跡がいくつも残るほど縄で打たれた。そこに立たされても、許しを求めず、動かず、暗くなっても家に入らなかった。いつも妥協するのは大人の方で、しまいには私たちを家に連れもどすのが常だった。そうだ、私はなにをこわがっているのだろう、黄祝生という悪党が私といっしょにいるではないか。

従姉は青で縁どりされた白い衣装を選んで身に着けると、水袖をちょっと振ってから、私に真顔で言った。紅《ホン》⑤、見てよ、私は陳××よりも唱がうまいわ。陳××というのは、その頃もっとも人気のあった女役で、唱がうまくてあだっぽく、男たちが群れをなして彼女をとり囲んでいた。どれほどの時が経ったのだろう、その言葉を思いおこすと、いまでも私の心はキリキリとうずく。

その夕方、従姉の体はまだできあがってなくて、舞台に上がったこともなかったのに、全西塞で自分ほど唱のうまい者はないと言ったのだ。彼女を見ていると、その青で縁どりされた白い衣装が生きかえり、霊気が宿ったかのように思えた。彼女の体は趙琼瑶に憑りつかれ、穀物倉庫のなかで、くるくると旋回しはじめ、長い袖をさっと伸ばして走り、止まり、左腕を斜めに振りまわして顔を半ば覆い、頭を垂れてトレモロで唱った。皆々様、涙で袖は濡れ、趙琼瑶は弟の手を引き、街で物乞いをして……。それは楚劇、『四下河南』の悲涩のくだりだった。冒頭の見得は驚くほどなまめかしく、声は澄みきって鶯の初音のようだが、しかしどっしりと落ちついて、すこしも初心者の拙さがなかった。彼女は舞踏の手法を借り、登場のときの見得を切る所作を独創し、人物の内心の悲憤、孤立無援の心情を表した。私は魅入られたように彼女を見た。彼女が見知らぬ人間のようだった。毎日飽きるほどいっしょにいるのに、彼女はどうやってそれらを身に着けたのだろう。意外なことに、彼女がすでに繊細な身体つきをしていることに、私はふと気がついた。莟のよう、ちょうど百合が花をつけたかのようだった。

ふと振りむくと、なんと祖父が戸の外に立っているのが見えた。どのくらい立っていたのだろう、私たちはまったく知らなかった。祝生が唱ったのはすべて悲涩で、『四下河南』、『宝蓮灯』と『断橋』だった。私はそのなかに迷いこみ、ドラと太鼓で拍子を取っていた。ボンボン、ボンチャボンチャボンボンチャ――私は驚いて口を開けたままだった。祖父が意味深げな笑みを浮かべて私たちのところへ来ると、祝生は長い袖を収め、挑むように祖父を見た。その様子を見ても、祖父はいきり立たず、私たちを責めるつもりはないようだった。祖父は唱がうまくて、一生人におだてられ、怒りっぽい恐ろしい人だった。しかし、私たちをもとから溺愛していて、この子たちはプライドが高くて、だれも金では動かせやしないと言っていた。従姉の唱の才能は祖父によって見いだされ、彼はまるで至宝でも手に入れたかのようだった。その頃、祖父はすでに楚劇は後継者がいないと嘆いていたのだ。若者がベルボトムのジーンズやラジカセ、ディスコに夢中になりはじめている時期だった。ずっと後になって、私は記者になり、市の戯曲協会の会長にインタビューをしたことがある。その会長は楚劇に関する論文を多く書き、積極的に楚劇の改革と発展を模索していた。肌が白く、すこし女っぽい話し方をして、見るからに芝居をやってきた人らしかった。挙措と言葉つきに舞台の味わいがあった。彼は楚劇の衰退の原因を、政府が重視せず、十分な資金を提供しないことに帰していた。手を広げ、優雅にどうしようもなさそうに、金がなかったら、なにができるというのと言った。私は笑って、首を振りながらため息をついた。そのような浅薄な考えは、けだしずっと前に亡くなった老いた一農民にも及ばない。私の祖父は、楚劇はかならずや農村の都市化によって滅びると、とっくに言っていたのだ。楚劇に止まらず、何百年も伝わってきた習俗、美意識、ついには西塞の方言も含めて、それらはすべてかならず楚の地の一曲の悲迓になってしまうのにちがいない。ああ、いまこの塞壬と名乗っている女は、頼りなさすぎる筆で、どうすればそのような重さと悲壮さを描きだせるのだろう。

悲冴を植えつけられたのは幼年期で、悲冴とともに成長したので、喜び、悲しみにつけ哭く私の気質は楚の地にゆかりがあり、西塞という土地に縁がある。私の血を吐くような文章、そのすべての言葉の根源は、あの紅という女の子を指し示している。あのころ、その少女には西塞があるだけ、村があるだけ、悲冴があるだけだった。しかし、かえって悲しみとはなにかを知らず、あの最良の時は紅だけのものだった。祖父が天才の従姉を見いだしたあと、深く彼女の行く末を案じたのかどうか、私は知らない。悲冴の黄昏の光のなかに、明るくあでやかで目を奪わんばかりの花が一輪咲きでたのだ。あの年の大芝居のとき、祖父は自ら従姉と芝居を仕込んだ。唱うのは、『百日縁』だった。私はひとりで高い楠の叉に坐り、見物にくる人の群れを見ていた。人垣が幾重にもなって、黄老師匠がその孫娘を相手に打つ芝居を見ていた。私はまったくやるせなく、足をブラブラさせた。どんなものも従姉の劇を唱いたいという決心をさえぎることができなかったからだ。五月十八日の夜、従姉は生まれてはじめて舞台に上がった。化粧は祖母がしてやったが、ひじょうにきれいだった。目尻が切れあがり、両頬は臙脂色、眉間の飾りは祖母のいちばんのお気に入りの銅銭だった。このときの祝生は、だれも彼女だとはわからず、劇が始まるや、別な人間に入れかわったようだった。その風采、全身にみなぎる気魄、なよなよと歩き、言わんとして恥じる様は、なにかに憑りつかれたかのようだ。十五歳、中学二年生だった。その日に舞台に上がるという噂を聞いて、クラスの先生と生徒が応援に駆けつけていた。従姉は、楽屋裏で興奮して同級生と話し、わざと胸を押さえて緊張している素振りをみせていた。しかし、私は彼女に成算があることを知っていた。その晩は、彼女の独擅場なのだから。

あの晩の芝居のとき、私と同じように、従姉が唱うのだけを見ていた人がいたかどうかはわからない。さらに奇妙なことに、従姉本人はほとんど他人を無視して、舞台を彼女だけの場所にしていた。多くの改変、身振り、眼つき、手つき、歩き方、唱い方の細部の処理など、彼女は『四下河南』という伝統的な曲目を、見慣れていて見慣れぬもののように唱った。彼女はテレビで見た現代のダンスの技法によって、強烈な舞台効果を上げるように工夫した。突然の訃報、青天の霹靂、風雨が吹き荒れるような悲憤、冤罪を負った趙琼瑶は、新しい顔と魂をもったのだ。私は小学校の卒業試験が終わったばかりで、十二だったが、まるで専門家のように従姉の趙琼瑶を理解した。あの夜、舞台の下の年季の入った芝居マニアたちも、きっとその若い趙琼瑶を理解したのにちがいないと信じている。私は以前から従姉の祝生の身体がひそかに光っているのをかすかに感じていた。それはふだんは見えないが、ときたま美しい姿態となって一瞬現れる。しかし、その夜のあと、その光はさえぎるものなく完全に現れ、彼女が歩いてくると、発光体がこちらに歩いてくるかのようだった。

祝生は西塞で人気が出た。彼女はスターのような虚栄に酔い、なにものも彼女が唱うことを止められなくなった。しかし、私の方は読書に夢中になってしまい、その孤独で長い旅、多種多様な閲読に没頭した。私と従姉はそれぞれ明らかに異なる人生の方向を取りはじめた。そのころ、私はどんなに従姉に似ていたことだろう。激しく、向こうっ気が強く、敏感でプライドが高くて。しかし、私はけっきょくのところ、いたる所で妥協し、目先の安逸をむさぼる俗人だった。私はずる賢く立ち回ったのだ。十九歳で卒業すると、従姉は省の楚劇団に入ろうとした。より大きな舞台を必要としたのだ。しかし、そのときに都市化がやってきた。私たちの水田とミカン畑はすでに接収され、製鉄工場が私たちに都市戸籍を補償として提供し、工場にも雇ってくれた。都市は人の内心にどんなに巨大な動揺と狂おしい喜びを与えたことだろう。人の心がそこまで卑劣だとは、それまで私は感じたことがなかった。人々は狂ったように出張所へ行って戸籍の年齢を変えたり、あわてて結婚したり、婚約を解消したりした。人々は自分の家に一階分つけ足し、取りこわしたあとで、より大きな家を分配してもらおうとした。いっせいに「農民」という身分と境界を分かとうと急いだのだ。農民からそれ以外の身分へ、その狂おしい喜びのなかで、ひとりだけが都市の人間になることを一顧だにしなかった。従姉の祝生は、省の楚劇団の入団試験を受けるために、工場に入る書類を書くことを拒んだ。彼女は舞台の上でますます堂々とし、アドリブで名人芸を発揮するようになっていた。十九歳の彼女はスラッと痩せてなよなよとし、足先で小刻みに舞う姿には仙女の趣があった。眉のあたりに強い意志がこもり、澄んだ大きな瞳に、ときおり暗い翳が掠めることがあったが、それは一瞬のことだった。悲迓を唱っていたせいかもしれないが、すこし幸うすそうな相をしていた。細くて長い首が、いつも左に傾きがちな頭を支えているので、それが彼女の姿を静かで悲哀に充ちた一羽の鶴のように思わせた。

私の伯父は数年前に亡くなったが、たぶん彼はずっとつらい苦しみのなかで生きていたことだろう。彼はあの年、例の事件をひき起こした。省都の楚劇団へ行き、金を出して祝生を合格させないようにしたのだ。私たちの家は、祖父も含め、芝居をやることに対して考えが分かれていた。祖父は一生芝居をたしなみ、それを自慢にしていたのに、しかし心の底では役者は賤業であり、農民にも及ばないとさえ思っていた。祝生は、今年受からなかったら、来年また受けるときっぱり言いきった。伯父はあせって、ただこう言った。あきらめな、早く工場に入る書類を書きな。楚劇団は永遠におまえなんか取らないよ。しかし、その瞬間、従姉の目の前は一面の暗黒になってしまったことを、彼は知らなかった。彼女は細心に例のことを準備しはじめた。きちんと化粧をし、青の縁どりのある白い衣装を着たあと、農薬を飲んだのだ。私は町の学校へ行っていたので、急いで家に帰ったが、祝生はもう鬼籍に入っていて、硬直した体が戸板の上に置かれていた。私のうしろから、人々が絶えず彼女が死ぬときの様子を話すのが聞こえてきた。口の周りが血だらけで、悲迓を唱っていたとか。地面を転げまわって、ずっと息絶えなかったとか。ひじょうに恐ろしいことに、その場面は私が経験したかのように、頭のなかで異常なほど鮮明に真に迫ってきた。何年経っても、そうだった。私の従姉は、そんなふうに頑固で屈することを肯じなかったのだが、私にとって、それはおそろしい暗示だった。それが本物の貴族的な尊厳だとは、だれにもわからなかったが、そのような魂の質を自分と照合することを私は恐れた。私の見たところ、従姉の死は私の未来の人生を照らしだし、自分もそのような魂の質を備えていると自覚させられた。従姉の祝生の死は、戯曲として、楚劇の悲迓の様式としては、私のなかですでに死んでしまっている。しかし、私の心のなかで、悲迓は別な形式で存在しているのだ――ひとりの真実で純粋な人間として。

四

しかし、悲迓はもう二度と唱われないだろう。あらゆる愛惜はすでに灰塵に帰してしまった。この世界に、まだどれほど悲迓を唱える人が生存しているだろうか。私の考えでは、それはとっくに賞玩する戯曲ではなくなっている。私は広東で流浪し、人生の大きな喜びや悲しみに遭うと、無意識に悲迓を唱いはじめる。自分で歌詞を編み、高きに遊び、だれも応える者のない孤独のなかで、私は楚人のもっとも古い抒情を保っているのだ。私は一度もそれを苦心して保存したいなどと考えたことはない。しかし、それが永遠に消失することなどないことを知っている。私が農民であろうと、労働者であろうと、あるいは作家になろうと、悲迓に対する理解は変わるはずがないのだ。私がものを書きはじめたとき、私の血、私の言葉の性格、私の気脈は、中国語のなかで、しだいに最初の在りように還元されていった。もし異郷にあって、そのような性情の人、あるいは一冊の本のなかで、同じように熱くたぎり、激しい言葉に出遭ったなら、私が彼を自分の同類と見なして、親愛なる同郷人よと、深い思いをこめて呼びかけるのをお許しいただきたい。

訳　注

①青衣＝旧劇の立女形の別称。良家の娘や貞節な婦人などを演ずる役柄。
②私のふたりの従兄＝彼らの行為の背景には、都市戸籍の者と農村戸籍の者が結婚した場合、子どもは母親の戸籍になるという制度が背景にある。
③水袖＝旧劇の舞台衣装の袖についている白く長い薄地の絹。感情が激したときなど、腕を大きく打ち振ることがあるため、効果的な表現ができる。

④「断橋」＝「白蛇伝」中の有名な一段。現行の京劇「白蛇伝」の台本は、中国国歌になった「義勇軍行進歌」の作詞者、田漢の手になったもの。この作品中の「断橋」の上演は、すべて一九八〇年代以降なので、田漢の台本によったものと思われる。

⑤紅《ホーン》＝作者の本名は「黄紅艶」というので、従姉の黄祝生は、その名前の最初の音で彼女を呼んでいる。

張《チャン》鴻《ホン》

一九六八年生。原籍、遼寧省大連市。散文作家。八五年軍隊入隊、二〇〇〇年、南昌大学卒業。深圳で報道の仕事に従事。八三年に作品を発表しはじめる。著書に『指先の復調』など。

きみは最強のライバルになった

愛人になるには、非凡な勇気と多方面の能力が必要だ。いい愛人になるのに、もっとも大事なのは無私と忍耐力である。その忍耐は長きにわたるかもしれないし、あっという間に終わるかもしれない。

いまの世情では、とくに大御所と呼ばれるほどの人に愛人が何人かいないのは、むしろ普通ではない。廃品回収業でさえ、奥さん以外の女性がつきそっているのだから（といって、私には職業差別はないが）。

旅行すること、読書とＤＶＤを観るのが私の最大の趣味で、うまい具合に、最近私が観た映画がみな愛人の話だった。デュラスの『愛人』は何度も見たが、やはり好きだ。それから『カミーユ・クローデル』に、『ピカソとその愛人』。

若いころ、芸術史を学んだとき、私は字面からそれ以外の内容を読みこんでいた。慌ただしく中国や外国の芸術史を論じると、巨匠とその傑作がすべてを遮ってしまい、その作品にどうやって到達したのか、どれほどの愛の傷と犠牲、破滅などがあったのかはなかなか分からないし、考えてみることも身につかない。しかし、その人類の生活のモノトーン、その芸術史の暗い核心こそ、芸術史の付録になるべきであり、天才たちの精神的な伝記の重要な部分であり、芸術の糧である。男女のことを書きつくすのは人類社会の歴史をきちんと書くことだと、私はかつて友人に言ったことがあるが、いまもこれからもその観点は変わらないだろう。

「私はかつてあなたと一度も知りあったことがないことにしたい」、このニュアンスに富んだ言葉は、カミーユ・クローデル①から出たものだ。天才的彫刻家、しかし、芸術史において彼女に与えられるお定まりの位置は、ロダンの愛人である。しかし、皮肉なことに、彼女は生前「愛人」という呼び名から懸命に抜けだしたいと思ったのに、死後のあらゆる時代、百年後の今日であろうと、それが彼女について回っている。映画でも、伝記の中国語訳の本でも、みな『ロダンの愛人』②と銘打たれている。ロダンの名を借りないと、人々は彼女を知らないし、分かりもしない。それで、愛人は彼女の代名詞になってしまっているのだ。

カミーユ・クローデルはボーヴォワールではないし、ロダンはサルトルではない。カミーユもハンナ・アーレントではなかったし、ロダンはもちろんハイデッガーではなかった。ならば、たしかに発狂がカミーユの唯一の結末になるほかはなかったのだろう。

カミーユは十八歳のとき、誇示するような歩き方をし、夢想に包まれた顔と青い眼をしていた。もっとも重要なのは、彼女がロダンの思う真の青春を体現していたことだ。それは清新な生命力にあふれ、驕りとプライドに満ちていたが、その活力はわずか数ヶ月で急速に失われてしまう。そのはばかることのない青春こそ、すでに衰えたロダンの芸術的な活力を活性化させたのだ。

はじめてロダンに会ったカミーユは、自分のアトリエにいた。そのとき、彼女は明るい顔色をした少女で、古い黒いスカートをはき、赤い髪をおおざっぱに後で束ねていた。手と顔にはいつも石膏か粘土がついていた。彼女は裸足のままで走り回り、仕事をした。芸術学校なんかいらない、カリキュラムもいらない、杓子定規の練習もいらないと彼女は言った。活き活きとした、生活の中の創作がほしかった。そのため、母親と衝突し、その関係は決裂に近かった。真夜中、深い溝で粘土を掘るのにこだわった。彼女が欲しかったのはロダンの指導を得ることであり、ロダンに彼女のはじめての大理石の作品にサインしてもらうことだった。彼女は自分のやることを一度も熟考したことはなく、一秒のためらいも潔しとしなかったのだと私は思う。彼女の目標ははっきりしすぎていて、そのため、路でどんな形であれ、見回したり立ち止まったりするのを惜しんだ。

そのとき彫刻家ロダンは、すでに六十歳、名声は遍《あまね》く広がっていたが、内心の孤独は覆いようもなかった。男としてのロダンは、長年の苦しい生活を経てすでに疲れ果てていた。カミーユは眼のなかに偉大な夢想を秘め、厳かで神秘的な雰囲気があった。それがロダンを心の底から感動させた。彼はカミーユに自分と共通した芸術的感覚と似かよった想像力があるのを発見した。それに、野放図なまでに美しく、彼はそれまでどんな女にもそのような天性の反逆を見たことがなかった。女に社会的な地位のない社会で、カミーユの天才はほすでにとんど人を震撼させるまでに達していた。「だから、きみはぼくの最強のライバルになったんだ」と、ロダンは言った。

カミーユには、ロダンのらせん状に巻いたヒゲや、頑強そうな頭、広くて厚い胸、なかでもその手が魅力に満ちて神秘的で、深淵のようでもあった。彼女はそれらに惑溺した。ロダンは彼女の憧れと芸術の神が形をとった存在になったのだ。

そのような出会いは、ストーリーが始まらないではいられず、愛し合わなければ滅びるしかなかった。神がそのようなふたりをそのような状況で引きあわせたのは、彼らが逸脱するためであり、道徳を守り、非の打ちどころもなくさせるためではない。芸術的な天才の間の事件は、ひとたび起きたら、個人に属するのではなく、よりいっそう芸術史に属するのだと言える。

カミーユとの出会いはロダンの創作の絶頂期を導いた。彼は彼女に言った。「きみはぼくのすべての彫刻のなかに表されている」。カミーユは彼に純粋で忠実な愛の世界をもたらしただけではなく、生命そのものの力と真実を彼に感じさせた。

ふたりのそれぞれの作品、「ふたりの小型の肖像」を見てみると、驚くほどたがいに似ている。どちらもひとりの男が女に跪いているのだ。しかし、つぶさに見ると、それぞれ別な角度からの「自分と相手」であることが分かる。カミーユの「シャクンタラー」では、女の前で跪《ひざまず》いている男は両手で相手をしっかり抱きしめ、失うことにおびえ、顔は愛と哀しみの表情に満ちている。しかし、ロダンの「永遠の偶像」では、彼女は女神のようであり、男は彼女の足の前に跪いて軽く彼女の胸に口づけし、敬虔な表情を浮かべている。ひとつは世俗的で血もあり肉もある。ひとつは浄化されていて、記念碑的な意味がある。そのふたつの彫刻をいっしょに置くならば、それこそが一八八五年から一八九八年に至る真実のロダンとカミーユなのだ。また、それはふたりのたがいの愛情に対する異なった認識と理解でもある。

カミーユの父は彼女に、ロダンといっしょになったあと、おまえは自分の作品をどうしたんだと言った。

父の質問にカミーユは答えられなかった。父は彼女がロダンの助手になったとき、それによって彼女がそれまでの作品を越えることを期待していた。しかし、カミーユは愛情を手に入れると、自分を見失ってしまったのだ。

芸術史上、カミーユに関する資料はきわめて少ないが、彼女と当時の芸術官僚、評論家、画商との手紙を通して、彼女の情熱、耽溺と疑惑、敏感な感じは十分にうかがえる。その天才ぶりとなると、芸術界はじつはとっくに彼女の才能を認めていたのを知ることができる。しかし、ひとりの女性として彼女は世界を征服したかったのに、いまだ時期尚早だった。

カミーユとロダンの関係については、ロダンのあの有名な手紙が、たぶんもっとも説得力があるだろう。「今日、一八八六年十月十二日から、私にはただカミーユ・クローデルという学生がいるだけだ。私は全力をあげて彼女を保護し、そのために私の友人、とくに影響力のある友人を動員するつもりである。私の友は彼女の友になるだろう。万一にもライバルにならないよう、私は永遠に他の学生を受けいれない。私の見るところ、彼女ほど生まれつき才能のある芸術家はきわめて少ないとしても。私はすべての展覧会のたびに、カミーユの作品を推薦するとともに、私も二度と別な女性の彫刻を指導しないし、二度と口実を用いて…夫人の家へも行かない。来年五月の展覧会が終わったら、私たちはいっしょにイタリアへ半年間旅行に行く。そのあと、私たちの関係は不可分なものになるだろう。（その関係に基づいて）カミーユはすなわち私の妻になる。もしカミーユが同意するなら、私は喜んで彼女のために青銅の像をひとつ作るだろう。いまから来年の五月まで、他の女性をモデルに呼ぶことも含めて、私は絶対にどんな女性ともつきあわない。さもなくば、私たちはスッパリと……」これは愛の誓いであり、人をとろかすに十分である。

その手紙はロダンがもっとも熱烈にカミーユを愛したころに出されたが、後の大量の手紙が表しているように、ロダンはたしかにそのときに承諾した前半の部分を守った。彼はカミーユに無数の友人をもたらしたし、ついには彼女の作品をこっそり買いもした。それらの手紙は、ロダンがいなければ、彫刻家カミーユ・クローデルがいなかったことを語っている。

男にとって愛情はすべてではないかもしれないが、天才の土壌にいったん愛の滋養が注がれるや、かならずやさらに一段と美しく絢爛たる花が開く。本当のことを言えば、カミーユが耽溺したのは一生の代価を払わねばならぬ残酷な愛情のゲームだと、はじめから彼女は知っておくべきだった。ロダンには長く生活をともにしたローズと息子がいた。しかし、カミーユは自分はそれを変えられる、あるいは自分が変われると思っていた。だが、十年以上にわたる愛恋の間、あちこちに身を隠し、陰に陽に周囲の人に発覚するおそれを抱いたことによって、彼女を押し潰したのはロダンの愛ではなくて、彼女自身の愛に対する理解だった。

「ロダン、私たち結婚しましょう」とカミーユが言っても、ロダンの答えは「愛には別なやり方があってもいい」だった。私に彼女から抜けだせる時間を与えてほしい、ローズはいま病気なんだと。ローズは彼にずっとつきそってきた。とくにロダンが若くて希望が見いだせなかったころに。この天才的な男はふつうの男と同じように、そのすでにどんな魅力もなくなった女を傷つけるのに忍びなかった。しかし、それは彼が他の女を好きになることに影響は与えなかった。彼はずっとそのふたりの女、カミーユとローズを連れ合いにしたいと思っていた。

彼は「ｐｅａｃｅ」、静かに、穏やかにという同じ言葉をくり返した。その言葉は成功した中年男がもっとも必要とするもので、いちばんたいせつな仕事の他に、彼にはなにものも顧慮する暇がなかった。穏やかに落ち着いて仕事をする必要があり、彼は毎日、つむじ風のように歩きまわって仕事をするので、生活に波風を立てたいとは思わないのだ。内心の嵐は創造的な時間には助けになるが、外部の嵐は風に乗り波を蹴たてるその創造の時間を損なうだけだった。彼は選択をせず、すべてを所有していたい年齢にあり、はっきりさせたり、どちらかを選んだりしたくなかった。ほしいのは曖昧で豊かなこと、あらゆることが彼の創造の助けになること、彼が飛翔する生活の助けになることだった。

ロダンは愛においても芸術においても、正確に言えば、さらに芸術に耽溺し、愛によって霊感を刺激されることに耽溺した。しかし、カミーユが耽溺したのは愛であり、それはあらゆる愛の網に捉われる女の通性だった。カミーユは天才だったが、彼女はまずひとりの女であり、ふつうの女と同じように、男を自分の生活のすべてにしてしまった。自覚していたかどうかに関わらず、一種の慣性が彼女を深淵に突き落としたのだ。

カミーユは若すぎて、それらを分かりも受けいれもできなかった。清潔で徹底し、単純でさっぱりすることを望んだ。それらはすべて彼女がコントロールできることではなく、彼女はヒステリー状態のなかで酒をあおっては暴れた。カミーユの弟、詩人のポール・クローデル③はかつてこう言ったことがある。彼らの別れは、姉の恐ろしく怒りっぽい性格と悪辣な皮肉の才能の花を急速に開花させた。

同じように愛情と驚くべき才能を持ちながら、彼女にもたらされたものは滅亡だけだった。ロダンと固く結ばれていた数年、カミーユは一生のすべての幸福を前払いしてしまい、その美しさはただロダンの彫刻のなかに凝固しただけだった。そして、彼女自身は、じつは自分には属していない愛情のなかで燃えつきてしまい、火の中で再生する幸運には恵まれなかった。

ある人は、彼らの別れをロダンの愛情に対する冷淡さと、彼の以前の愛人、後に妻になるローズの生活上の極度の未練に帰している。しかし、原因はたぶんそれだけではないだろう。私の考えでは、ふたりの志向の似かよった恋人どうしの別れは、より多く芸術的な理念のちがい、芸術作品と生活態度のちがいから出た可能性がある。

カミーユは一八九八年にロダンの許を去り、自分のアトリエを作って孤絶した創作の時期を開始した。その時期に創作した「分別盛り」という作品では、ひとりは未練たっぷりで、もうひとりはきっぱりと拒んでいるが、やや悲しげな表情をしている。そこから彼女のそのころの気持ちを見てとることができるだろう。ロダンから離れた彼女は、あいかわらず創作力が旺盛だったが、ただ青春と生命力に富んだすべての美しさだけは、もう二度と帰ってこなかった。その作品はある種の苦しみの形象化と死を表現しはじめ、あらゆる狂った行動、苦痛、憂鬱、失敗などが、みな彼女によって大理石や粘土に練りこまれて時空に凝固した。それらの美しい彫刻は、黙々と彼女の孤独で苦しい歳月に連れそった。貧窮、苦しさ、うろんさ、それに、積み重なった怨み、極端な熱愛から敵視へ、その純粋な女性のロダンに対する感情は、極端な方式で表出された。彼女はロダンのコントロールから逃れ、芸術家としての自信をとり戻したかった。しかし、その才能にあふれた女性芸術家は、世界の大多数の女と同じように愛の魔法から逃れて自分を救う術がなかった。彼女はロダンを超えることで、長年失われていた自分を見いだすことを渇望したが、ロダンが主導するような男権社会に抵抗できなかった。さらに致命的だったのは、十数年の愛情の経験が彼女の内心を極度におびえさせ、固い信念を失わせていたことだった。

力のない内心は他人にうち勝てず、かえって自分を滅ぼしてしまう。弟のポールが彼女のために開いてくれた展覧会に異常な服装と言動で現れたとき、あんなにも出展を渇望していたビエンナーレのとき、社会が支持を与えることを求めながら、自分では心底から肯定できなかったとき、芸術家としてのカミーユはまたゆっくりと崩壊に向かっていった。

ひとりだけの生活に貧困も加わって、ほとんど発狂状態になり、彼女はほぼすべての自分の彫刻を破壊した。

一九一三年三月十日は、カミーユ・クローデルの生涯の分岐点になった。彼女は精神病院に送られたのだ。一九一四年、精神病院に一年いたあと、カミーユはアヴィニョンの近くの収容所に移動され、一九四三年十月十九日に亡くなるまで、そこにずっといた。最後の三十年間、彼女は精神病者が着せられた緊縛着のなかで、世間に知られることなく無言のまま過ごしたのだ。

それがカミーユ・クローデル、ロダンの愛人の運命だった。映画『カミーユ・クローデル』（監督・ブリュノ・ニュイッテン）で、カミーユを演じているのは、フランスの女優イザベル・

アジャーニ③である。彼女は最高の演技で、カミーユを再現し、「魂が憑りついたかのようだ」った。彼女はその役でベルリン国際映画祭の銀熊賞を受賞し、一九九〇年のオスカー最優秀女優賞の候補にもなって、再び女優としての成功を手に入れた。

アジャーニには魂を捉えるような美しさがあり、特異な性格をもあわせ持っている。彼女は生まれつきあの美しく、もろく、敏感で、才能ある女性と、我われが窺いしれない関係を暗々裏に持っているかのようだ。アルジェリアの陽光に照らされたホコリにまみれたツツジの中にいても、大雨のなかで自分の愛人が妻に迎えられるまで、その足取りを幽霊のように見つめていても、彼女のそのような役柄を見るたびに、私は驚きを禁じえない。泥と削られた大理石によるホコリも、彼女の澄んだ青い瞳の神秘的な光を遮ることができないし、屋根裏部屋で酔いつぶれても、シンデレラのように彼女は依然として驚くほど美しい。隠れようもない天才と美、アジャーニはいつもそれらの役柄、つまり、愛のためにもがいた満身創痍の彼女たちに魂を完全に賦活することができる。いわゆる正常な人間から見れば、彼女たちは狂っていて偏執的で、男の才能と愛情は彼らに成功をもたらすが、しかし、女の才能と愛情は彼女たちに情け容赦もなく滅亡をもたらすだけであるかのようだ。そういうことと無縁な我われとしては、ただ恐れおののき、胸をドキドキさせられるだけであるけれど。

カミーユの母と弟は、彼女を閉じこもっていた部屋から連れだすが、積年の恨みを抱いていた母親は彼女を直視しようとはしない。カミーユの眼差しはすでにぼんやりとし、歳月と愛に砕かれた体はやや太り、蒼白い手と顔が××精神病院と書かれた車の窓に現れる。映画のエンディングでは、彼女は絶望に近い静けさで椅子に座っていて、あいかわらず神経質だが、しかし、すでに老いていた。

女性には一種の通弊がある。いつも「愛」には形があり、固定していて、自分でつかんでいられると思っている。しかし、愛は変化し、水のように、風のように時とともに変わるか、消えうせてしまう。だれも過去によって今日と明日を要求することなど、できはしないのだ。

もし、あなたがまだ自分を愛しているのなら、愛人になってはいけない。もし、あなたがまだ自分の性格の悪い部分をさらけ出したくないのなら、愛人になってはいけない。もし、あなたが絶望したくないのなら、けっして愛人になってはいけない。

訳注

① カミーユ・クローデル＝一八六四〜一九四三年 フランスの彫刻家。代表作に「分別盛り」、「ワルツ」、「物思い」など。ロダンとの恋愛を描いた彼女の伝記的な映画にブリュノ・ニュイテン監督の『カミーユ・クローデル』がある。その脚本は、彼女の弟、ポール・

クローデルの孫であるレーヌ＝マリー・パリスによって書かれた（『カミーユ・クローデル 一八六四～一九四三』などいなだ、宮崎康子訳）。また、同じ作者による伝記、『カミーユ・クローデル　天才は鏡のごとく』（南條郁子訳）もある。上記二冊はともに中国語訳もあって、文中の引用はそこからなされている。また彼女の書簡の抄訳は、『世界博覧』二〇〇三年第七期に掲載された。

②『ロダンの愛人』＝中国ではカミーユ・クローデルの伝記、映画ともに『ロダンの愛人』というタイトルになっている。

③ポール・クローデル＝一八六八～一九五五年　劇作家、詩人、外交官。カミーユ・クローデルの弟。一九二二年から二年間、駐日大使も務め、能から触発を受けた戯曲「女と影」もある。

④イザベル・アジャーニ＝一九五五年～ セザール賞を五回受賞したフランスの世界的女優。『カミーユ・クローデル』ではベルリン国際映画祭女優賞を、『アデルの恋の物語』ではアカデミー主演女優賞にノミネートされた。

一面の硯にひとつの世界

友人が端渓の硯を贈ってくれたが、私は書画を嗜まないので、束《つか》ねたまま高い所に置いた。何度も肇慶①へ行き、数多くの良し悪し、値の異なる端渓の硯を目にするにつけ、そのひんやりとした石を好きになった。

今日、書斎を片づけ、高い所にある硯を箱から取り出し、机上に安置した。考えることしばし、筆と墨、紙をその傍に置いた。

一瞬にして、山水の気が立ちこめる。風雨がたなびき、岸辺には蘆《あし》が頭を垂れ、笠をかぶった老人が長閑に釣りをしている。苫舟《とまぶね》は動かず、竿は静止している。私がゆっくりと墨を擦ると、冷たい石はしだいに温かく、肌理は細やかになった。

この硯は本ほどの大きさで、色は深い臙脂、不定型のひとつの石から刻みこんで、ほぼ長方形をなしている。硯の縁は加工を施さず、面の左はすこし凹凸があり、右は石黄②が層をなしている。彫刻家はそれを蘆に見立てたのだ。右の角に老いた釣り人が静かに小舟に坐り、面のその他の部分は、みな石の自然の紋が、風に吹き下ろされる雨の条《すじ》になっている。硯の縁に刻まれた波状の水紋は、湖面そのものだ。縁の角に印章が刻んである。陳炳標。硯の裏は平らになっているのみで、なにも加工は施されていない。

その硯の面と印章をつらつら見るに、大巧は拙のごとし。その芸術家はもし硯を刻さずとも、文人になり画を描いたことだろう。この硯は気が生動し、清々しさ、涼やかさには、文人の寛やかさもある。筆を用いて簡にして潔、余計なくどさがない。鮮やかな浮彫だが、高低が入り組んで、さらにその立体感を増している。石の色を水墨に見立て、自在に刻み、山水、人物ともにその心を伝え、温雅な中に、またある種の大愚の趣もある。湖と空の渺茫たる風景、波のない湖面と変幻極まりない雨の糸は余白が引き立て、しっとりとして雄大だ。端正、整然として、脂のようにつややかで、生まれついての高貴な趣、それに意味深さと歴史感の具わった画境である。硯は石から作るが、石は話す能わず、人がそれで以って語る。苦瓜和尚③（石涛）は「春江に題す画」を描いたときに記している。「吾此の紙に描く時、心は春の江水に入り、江花は我に随ひて開き、江水は我に随ひて起こる」。それこそまさに、私が硯を見ていたときの心境である。

友人は端渓の硯の収集家で、大小、軽重、様々な形など、すでに百面を超えている。私がしげしげと彼の書斎へ硯を見にいったので、私が好きなことを彼も知った。私はますます良硯が分かるようになり、その芸術的な創意が素材から出発すること、構想がその形と切り離せないこと、一面の硯は天性の形、色合い、石の格と人為的な創意、芸術的表現などが、渾然一体となった絶妙な結合であることが分かった。形が意を生じ、刀でそれを代筆する。意の表現というのは、中国画の手法とよく似て、過ぎたるを劣となす。硯作りは一方でまったく書画と異なり、ひと彫りひと彫りゆっくりと刻まれる精密な仕事である。

その彫刻家の硯には、明代の陸治の画風があり、陸治の山水は宋代の画を好んで模している。線はきっぱりとして墨淡く、すっきりと広い世界を描き出して、静中に動あり、意趣が横溢している。彫刻刀で以って絵筆に代えると、筆力はずっと強くなければならぬ。

私はその陳という芸術家を知らないし、その硯の値のいかほどなるかも知らない。しかし、彼のその硯を所有し愛でているからには、必ずやしかと保存しなければならぬ。

収集というと、私はある話を思いだす。米芾《べいべん》が書学博士であったとき、ある日、艮岳《こんがく》で宋の徽宗《きそう》皇帝④が蔡京《さいけい》と書について談じ、米芾を召して大幅の掛軸に書を書くよう命じた。御机上にある端渓の硯を指さし、彼に使わせた。書き終わるや、米芾は硯を捧げもって跪《ひざまず》き、懇願した。「この硯は、すでに私めによって汚されました。陛下の書斎にはもはや持ちこめません。ご恩を賜りまして、私めに留め置かれますように」。皇帝は呵々と笑って、硯を彼に褒美として与えた。米芾はひと指し舞って謝意を表すや、すぐさま硯を抱いて急ぎ退出した。残った墨が彼の服を汚したが、喜悦の情が顔に表れていた。徽宗は蔡京に言った、「米芾が一番であるとの噂は、はたして偽りではなかったな」。蔡京は奏上した、「米芾の人品はたしかに高雅で、まさに一なかるべからず、二あるべからずです」。その通り、良い硯を一面手に入れただけで、「満足」してたまるものか。

その硯の老人は釣りをしているのか、それとも風雨を眺めているのか、それは老人のみぞ知る。彼の風雨の中の静坐は、かえってその内心の透徹した光の海を表していよう。内外明徹し、にわかに悟る。「一笑水雲低し」とは、過去と現在を言い尽くしている。

風雨たゆたい、帰るに如かざるに、閑人たるや、一壺の酒に、一杯の茶……。

訳　注
① 肇慶＝広東省の内陸部に位置する町。端渓の硯はそこに産する。
② 石黄＝雄黄、鶏冠石のこと。深紅色または橙黄色の塊で、黄色の粉におおわれている。
③ 石涛＝一六四二？～一七〇七年？ 八大山人と並び称される清初の代表的南画家。
④ 徽宗＝一〇八二～一一三五年　北宋の第八代皇帝。書画の才にすぐれ、北宋最高の芸術家のひとりと言われる。

ものごとの可能性は倫理と関わらない

しばらくの間、私の身近にいる男女に関する話を聞かされたが、細部に尾ひれがついて、話す方はいかにも楽しそう、聞く方は興味津々だった。私はその男女のことには興味がなく、関心があるのはふたりの情が通いあうのはいいことであり、それは道徳とは無関係で、情感と欲望に関連するということだった。

道徳と関係がないものに、『ロリータ』がある。

私は気楽にナボコフ①の『ロリータ』の中国語訳を読みおえ、苦労して英語訳の大半を読んだ。映画化された二種類の『ロリータ』も見たことがあるが、六二年に鬼才、キューブリックが監督したものはストーリーが原作とかなりちがうので、それに較べれば、九七年にエイドリアン・ラインが監督したものがやはり好きだ。それはまちがいなくさらに「きわめて奔放」で、もっと原作に忠実だ。とくに男女の主人公の性的関係の描写は「赤裸々」と言える。しかし、私には作者、テクスト、監督、俳優に対して、まだいかなる断定も下す十分な理由がない。私が言いたいのは、中年男のハンバートと少女のロリータの愛もやはり愛であり、それは道徳とは関わらないということだ。

一九六二年、スタンリー・キューブリックは大きな危険を冒して、その映画を撮った。その危険とは、社会の倫理、道徳の束縛だった。その映画で彼は優美さを孕《はら》んだモノクロという形式で、性欲の混乱と惑いという主題を探求しようと試み、当時、人の耳をそば立たせた話に多くの脚色も加えている。映画のヒロインは成熟しすぎていて、体型も豊満すぎるし、激しい濡れ場もなく、そのため、やや「児童化」しているとの評があった。全体の調子は当時の社会状況に見合って保守的で、きっぱりとはしていない。

「ロリータ、我が命の光、我が腰の炎。我が罪、我が魂」。これは九七年の映画『ロリータ』冒頭の有名な独白だが、それはまさにナボコフの『ロリータ』の主眼とするところでもある。

九七年の映画は、香港では『一樹の梨花、海棠を圧す』と題されたが、その典拠は、蘇軾《そしょく》②が友人の張先をからかったことにある。張先は齢八十歳を越えて、十八の美貌の少女を妾にしたので、蘇軾はただちに詩を作った。曰く、「十八の新娘八十の郎、蒼蒼たる白髪紅粧に対す。鴛鴦は被里に双夜を成す、一樹の梨花海棠を圧す」。それはまた民間でふざけて言うところの、「老牛が若草を食べる」ということだろう。よく考えると、そのネーミングは中国人の習慣的な思考を表し、市場に迎合する行為であって、元の映画の趣旨とはまったくかけ離れている。私はやはり『ロリータ』という題名が好きだ。「ロリータ、舌の先が口蓋を三歩下がって、三歩めにそっと歯を叩く。ロ。リー。タ」

九七年の映画の画面はすべて優美で流れるようで、色調はさらに思いがけぬほど清新であっさりしているが、やや堅苦しく型にはまっているきらいがある。たぶん題材が敏感すぎて、伸び伸びとはやれなかったのだろう。

映画の冒頭はこうだ。「一九四七年、ハンバートはアメリカに来て、ある大学で教員になった。彼は夏休みの時間を利用して教科書を書くつもりで、ラムズウェルに住む寡婦、シャーロット・ヘイズ夫人の家に寄宿する。そこで、彼は生涯魂を奪われ、夢にもまつわる少女、ロリータに出会う。ハンバートはダイニングから出たとき、芝生で日光浴をしている彼女を見かける。彼女は半ば裸の恰好で膝をつき、体の向きを変えると、蜂蜜色をした肩と、絹のようになめらかな背中が、目が眩むほど魅惑的だった」

彼女が部屋を借りにきたハンバートを振りかえって微笑むと、歯列矯正バンドが見えた。まぶしいような純真さだった。その一瞥だけで、ハンバートはそこに住むことに決め、すぐに彼女の義父になる。

ある種の少女は、純潔な天使であると同時に、誘惑する小悪魔の化身でもある。しかし、その自ずから備わっている誘惑するようなセクシーさは、かならずしもその少女自身が気づいているわけではない。

「芸術家にして狂人、際限ないメランコリーの持ち主、下腹部には熱い毒が煮えたぎり、繊細な背骨にはとびきり淫猥な炎が永遠に燃えている。そんな人間のみが、かすかに猫に似た頬骨の輪郭やすらりとした手足や、絶望と恥辱とやさしさの涙のせいでここに列挙することもかなわぬその他の指標といった、消しようもないしるしを手がかりにして、ただちに識別することができるのだ――。健全な子供たちの中に紛れこんだ、命取りの悪魔を。彼女はみんなから悟られずに立っていて、自分が途方もない力を持っているとは夢にも思っていない」

中年男のハンバートは、ヨーロッパ式のインテリ紳士で、優れた教養を内に秘め、ハンサムな顔立ちで、きわめて魅力的だった。しかし、彼の愛情は年齢とともに成長したわけではない。少年時代の初恋のとき、青春まっ盛りの目の輝く少女、アンベールが病死してから、彼の愛情はロリータに出会うまで、その時に置き去りにされたままだった。同じように清純で輝く目の少女に出会って、彼の愛情はようやく甦りはじめる。しかし、もう一面では、ハンバートは仮装した極端な個人主義的な芸術家であり、生まれつき繊細で、想像力が豊かだが、かなり偏執的でもあった。

そのような状況において、たんに愛情の観点から見れば、成人男性のハンバートと少女のロリータはどちらが成熟しているのか、判断するのは難しい。彼女の傲慢な表情、若さ、美しさ、誘惑性、奔放不羈《ほんぽうふき》……、見るたびに、内心の秘められた欲望がそのつど引きおこされる。それらは、もしかしたら男に対してだけではないのかもしれない。

彼らの最初の性交は、むしろ彼女が主導して彼を「教え導いて」いる。それに、彼は彼女のはじめての相手でもなかった。もちろん、そのような性交はハンバートが夜々想像していたものでもあった。彼は彼女を愛した、彼女の体と心を愛した。少年のような純粋さと熱意と無我夢中さで。

彼らの愛情は（もし愛情であるならば）、父子と愛人の間に挟まれている。そのような愛情は炎のようで、美しいほど危険だ。それが、すなわちロリータの母の死を招いたのだから。

長い旅のあと、ふたりは彼が教員になった小さな町に住んだ。彼女は正常な暮らし、つまり学校に行き、友だちとつきあい、演劇をする十四歳の少女の生活をしたかった。彼は警戒し、彼女が他の男とつきあうのを止めた。彼女は彼が自分を愛し、自分を失うのを恐れていることをよく知っていた。それで、彼女は二人の間のすべてをコントロールし、手中にする。性はすでに新鮮で珍しい刺激ではなくなり、彼女が金を手に入れ、要求を満足させる脅しの手段になった。

ハンバートはよく分かっていた。「彼女にとって、私は愛人ではなく、魅力のある人間でもなく、理解者でもなく、まったく人間でさえない。両目、あるいは筋骨隆々とした足にすぎない」と。彼女は彼を愛さず、愛したこともないかもしれず、最初にからかって気を誘ったのは、みなもの珍しさから出たのにすぎないことを。

ロリータは別れも告げずに立ち去り、彼はあちこち探しまわったが、無駄だった。三年後のある日、彼はとつぜん彼女の手紙を受けとる。署名はミセス・スキラーだった。彼女は妊娠し、生活に困って彼に送金してほしいと頼むしかなかったのだ。

彼はありったけの金を持って、すぐに彼女を探しに出かけた。ドアを開けて彼を出迎えたロリータは、すでに妊娠して腹の突きでた女になっていた。両頬はこけ、顔は蒼白く、足には汚れたサンダルをつっかけていた。しかし、彼は自分が以前と同じく狂おしいほど彼女を愛していることをやはり知っていた。「私は一目見たときから愛していた、最後に見たときも、そしていつ見るときも、永遠に。全身全霊で、私がもっとも愛したのは彼女だと断言できる。自分がかならず死ぬことと同じくらい断言できる……彼女が色あせても、枯れしぼんでも、どうなろうとかまわない。私は一目見ただけで、情愛が溢れそうになり、心に……」

そのように柔らかく熱く、無我夢中で、どうすることもできない情感は道徳とは無関係というものである。それはハンバートの病の根源であり、一種の過激で偏執的な独占欲であり、それが彼を死の道へ赴かせたものである。どのような方面から言っても、それは救いようのない生き方なのだ。

その世界に浸らせてくれるのに、またジェレミー・アイアンズ、ハンバートを演じた役者、欧米映画界では有名な「情痴老人」がいる。彼がもっとも得意とする演技は、まさにそのようなやや神経質で、すこし変態的な役柄だ。たとえば、ジョン・ローンと共演した『エム・バタフライ』の同性愛、『秘密』の息子の嫁との愛、『浮気なシナリオ』の老いらくの恋など。『運命の逆転』によって、オスカーの主演男優賞も受賞している。

この映画の彼は、蒼白で、神経質で、指が長く、頬に深い法令線が刻まれ、それがしょっちゅう内心の苦痛で歪められる。ほとんどすべての欲望に関わるシーンは彼の眼から捉えられると同時に、ストーリー前半のその欲求不満、後半の絶えざる不安も表現されている。自在に完全に情欲に満ちた惑いを演ずるが、それは色情のみに止まらず、抑えられない独占欲でありながら、かつ善意から出た擁護も含まれる複雑な状態も演じられる。すべての情熱を自分の養女に捧げ、そのあげくに彼女に裏切られたとき、彼の崩れ落ちるような悲しみは、観る者の息詰まらせる。その演技はけっして激しく、凶暴ではなく、彼の眼にはただ沈んだ曖昧さがあるだけで、そこには孤独で静かな海があるかのようだ。

映画史上、『ロリータ』は「少女愛」、あるいは「乱倫」の変態をテーマとした作品として定義づけられている。しかし、事実において、絶対的多数の人が映画を見たり小説を読みおえたりして感じるのは、至誠至純で、愛情と罪悪感にまとわりつかれて抜け出せない、痛みに満ちた愛だ。成人の外面に託された少年の愛だ。父親、愛人、乱倫などは、どれも偉大な作品の叙述力を構成するには足りず、それらの要素がある種の魔法のようなスタイルによって、一人の男の意識と行為をコントロールし、かつ分裂させるとき、小説の叙述力ははじめて比較を絶した芸術的な魅力に昇華する。

大衆の意見に従うのか、それとも自分の観点を堅持するのか。「少女愛」は背徳的か否かという点においては、ナボコフ自身も矛盾していた。より重要なのは、彼はいかに内心の深い欲望に向かいあうべきかという人々との討論会において、直接的な答えを出していないし、テクストにおいても自分の立場を曖昧にしていることだ。彼はそのような欲望は良俗に反するとは認めているが、しかし一貫してハンバートを責めないどころか、許し、同情し、励ましさえしている。そして、他の小説では、かつてある詩人の話を引用している。「人間性における道徳感は一種の義務であるが、我われは魂に美感を賦与しなければならない」。もしかしたら、『ロリータ』におけるそのようないわゆる「美感」とは、芸術の華やかなポエジーに、彼が堕落した者に賦与する強い罪悪感も加わったものなのかもしれない。ナボコフはある役柄を演じていたのだ。

なにが道徳で、なにが人間性なのか。私は、ただ道徳は冷たくて単純なのに対し、人間性は柔軟で複雑であるのを知っているだけだ。ある情感は道徳の規範の下では、かならずしも道徳的ではないが、それが存在しているからには、その存在に合理性があることを示している。サルトルが描いたサディズムやロレンスの不倫に関する創作のように、一度は禁じられて隠されても、けっきょくのところ、彼らが描いたそれらは客観世界の客観的存在なのだ。ただ正視し、思索をめぐらしてこそ、客観的な認識は手に入れられる。

ロリータはハンバートとの生活に戻ることを拒み、彼女はしまいには、彼をかつて愛したことがないとまで言っている。人を愛したとしても、彼女はやはりその人とこっそり楽しんだのであり、その相手は彼女がポルノ映画の出演を拒んだので捨てられたキルティ、同じく中年男だった。彼はそのかつてロリータの愛情を手に入れた男をひどく憎んだ。彼女の愛を手に入れながら、傷つけた男を憎んだ。

車は道路を蛇行しながら疾走している。後ろにはパトカーのサイレンが鳴っている。彼の手から血が滴り、心もまたそうだった。

車は高い坂の上で停まる。遠くの村から子どもたちの笑い声が聞こえてくる。絶望的に痛ましいのは、けっしてロリータが彼の傍にいないことではない。彼女の声が二度とそれらの和音に交じっていないことだった。

今夜、だれが彼のために泣いてくれるのだろう、彼がすべてを失ったあとに。

ロリータを愛し、永遠に彼女に寄り添うこと、それが彼の美しい願いだった。しかし、北島③の詩に曰く、「そのごく当たり前の願いを、いまは人としてのすべてで贖《あがな》うことになった」

訳文における『ロリータ』からの直接的な引用は、すべて若島正訳（新潮文庫版 二〇〇六年）によった。

訳注

①ナボコフ＝ウラジミール・ナボコフ。一八九九〜一九七七年、作家。ロシアの貴族の家に生まれ、ロシア革命後、家族とともに西欧に亡命。英、露二か国語で創作する。代表作に、『ロリータ』、『青白い炎』、『アーダ』などがある。

②蘇軾＝一〇三七〜一一〇一年　北宋の文人、政治家。唐宋八大家のひとり。政争により生涯に二度左遷され、六二歳で海南島に流された。

③北島＝一九四九年〜　詩人。一九七八年から詩誌『今天』を創刊し、主編を努めた。「朦朧詩派」の代表的存在として活躍したが、一九八九年、六四天安門事件を機に出国、欧米に滞在している。

訳者あとがき

徳間佳信

本書は、広東省作家協会による同省在住の作家たちの手になる「散文」のアンソロジーである。九人の作家の十二篇の散文を紹介する前に、中国文学における「散文」についてざっと説明しておきたい。というのは、「散文」は中国では独自のニュアンスのあるジャンルで、しかも重要な位置を占めているからだ。

古くは韻文に対する散文だったのはもちろんだが、中国の近現代において、それは小説、詩歌、戯曲以外の文章の総称になっている。具体的には小品、雑文、随想、紀行など、フィクション以外の文学作品全般を指し、したがってテーマは人、物、事件、時間や空間など多岐に渡るし、描き方も叙事的、抒情的、哲理的など多様である。しかし、それにもかかわらず、確固たるひとつのジャンルとして括られ、「散文」と銘打った多くの文芸雑誌や文学賞が存在するのは、そこに共通して求められるものがあるからだ。

一つには、凝縮した強い情感で貫かれていること。二つ目には、書き手の境地や情調の奥深さや哲理の深遠さ。そして、三つ目には文章の鮮やかさや優美さ、リズム感などだ。つまり、フィクショナルな作品と同じく「文学性」が求められるわけだが、散文はストーリー性にあまり依存できないだけに、いっそうそれらが要求される。とはいえ、中国の文章の歴史においては、むしろ「事実」や「真実」を描くことが主流であった時期が長く、それを通して「文学性」を表現することが磨かれてきた。したがって、散文にはその伝統が背景にあり、現在でも人気の高いジャンルである理由の多くはそこにあると考えられる。

ここに選ばれた作品も、テーマや背景になった土地はじつに多様である。四川省の製塩（以下、作者名のみを記す。東方莎莎）、湖南省の伝統劇（塞壬）、海南島の知識青年の墓地（李蘭妮）から、ナボコフの『ロリータ』や端渓の硯（ともに張鴻）まで。また、時代も清朝末期から文革期までを貫くもの（東方莎莎）もあれば、大躍進期や文革期と現代を往還するもの（陳善壎、李蘭妮）もあるというように。しかし、張鴻の作品を除けば、テーマは書き手が親しく経験したことか、自分の祖母や祖先、つまり自分に関わることがらであるという点においては、すべての作品が奇妙に一致している。その理由のひとつには、現実生活を通して書き手の観点や社会的意義を述べ、そこに一貫した強い情感をこめるという散文の基本的なコンセプトが関わっているのだろう。

もう一つは、現在の中国、とりわけ広東において、アイデンティティの探求が文学のテーマとして要請されるようになった状況も関わっていると考えられる。私見では、個人のアイデンティティが問題とされるのは、国民国家成立以後に、しかも「故郷喪失」が一般化してからのことであり、日本でもその語が使われたのは七〇年代以後だとされている。アイデンティティの喪失が一般化した状況が、だれにもそれを求めさせるという逆説がそこにはある。中国では改革開放の進展に伴って人の移動が急激に活発になり、とくに農村から都市への農民工の移動は「史上最大の民族移動」だったと言われている。すでにアノニム性が一般化して「私が語る私の物語」が他者に広く読まれる素地が形成され、それに応える役割を散文が果たす。その最先端の地域が広東なのだと思われる。その意味において、農民工出身の塞壬が書いた「悲迓」は、「私」の失われた郷里への再アイデンティファイを書いた作品であり、ひじょうに象徴的である。

訳文について一言しておくと、先に述べたように、散文はとくに作家の文体意識が強く、けっして読みやすい文章ばかりではない。平易で読みやすい訳文を心掛けるのはもちろんだが、すべてそうしてしまうと、原文の質感を損ないかねない。したがって、翻訳においては両者の追求を志したつもりである。訳文を通してであれ、それぞれの文章のちがいを感じ取っていただけるなら幸いである。

本の形になるまでに、編集担当の小柴康利氏に大いにお世話になった。記して感謝したい。

初出一覧

艾雲　私の祖母　『花城』二〇一九年第一期
陳善壎　獣と人と神の雑居するところ　『上海文学』二〇一〇年第四期
東方莎莎　塩、血脈に温かく流れるもの　『花城』二〇一五年第六期
黄金明　父との戦争　『花城』二〇一二年第二期
李蘭妮　百個の餃子　知識青年の墓地
ともに『中国散文体系』林非主編　江蘇教育出版　一九九九年
秦錦屏　おばさん　『女性よ、女性よ、振りむいて』花城出版社二〇一四年
世賓　初恋、他者と時間への入り口　『西部』二〇一四年第五期
塞壬　悲迓——楚劇の唱　『人民文学』二〇一三年第二期
張鴻　きみは最強のライバルになった　『散文海外版』二〇一〇年第四期
一面の硯にひとつの世界　『散文選刊』二〇一二年第八期
ものごとの可能性は倫理と関わらない　『散文選刊』二〇一一年第九期

訳者

徳間佳信　とくま・よしのぶ

当代中国文学研究者、翻訳家。訳書に『西海固の人々』、共訳書に『ミステリーインチャイナ』。著書に『銀のつえ　米山検校をさがして』。第39回埼玉文芸賞小説部門受賞。

企画

田 原　ティエン・ユアン

1965年、中国河南省出身。立命館大学大学院文学研究科日本文学博士。現在城西国際大学で教鞭をとる。主な著書に中国語詩集『田原詩選』、『夢蛇』など。『Beijin-Tokyo Poems Composition』(中英対訳)、日本語詩集『そうして岸が誕生した』、『石の記憶』、『夢の蛇』、『田原詩集』など。翻訳書に『谷川俊太郎詩選』(中国語訳21冊)、『辻井喬詩選集』、『高橋睦郎詩選集』、『金子美鈴全集』、『人間失格』、『松尾芭蕉俳句選』など。編著『谷川俊太郎詩選集1～4巻』(集英社文庫)、博士論文集『谷川俊太郎論』(岩波書店)などがある。2001年第1回留学生文学賞大賞を受賞。2010年第60回H氏賞を受賞。2013年第10回上海文学賞を受賞。2015年海外華人傑出詩人賞、2017年台湾太平洋第一回翻訳賞、2019年第四回中国長編詩賞など。ほかにモンゴル版、韓国語版の詩選集が海外で出版されている。

時間《じかん》の入《い》り口《ぐち》

シリーズ現代中国文学《げんだいちゅうごくぶんがく》　散文《さんぶん》　～中国《ちゅうごく》のいまは広東《かんとん》から～

2020年10月18日　初版第1刷

訳　者　徳間佳信

企　画　田原（ティエン　ユアン）

著　者　艾雲　陳善壎　東方莎莎　黄金明　李蘭妮
秦錦屏　世賓　塞壬　張鴻

発行人　松崎義行

発　行　みらいパブリッシング
〒166-0003 東京都杉並区高円寺南4-26-12 福丸ビル6F
TEL 03-5913-8611　FAX 03-5913-8011
HP https://miraipub.jp　MAIL info@miraipub.jp

編　集　谷郁雄　小柴康利

カバー写真　baomei

ブックデザイン　洪十六

発　売　星雲社（共同出版社・流通責任出版社）
〒112-0005 東京都文京区水道1-3-30
TEL 03-3868-3275　FAX 03-3868-6588

印刷・製本　株式会社上野印刷所

ISBN978-4-434-28056-6 C0097